夜不語

詭秘檔案

夜不語

詭秘檔案

夜不語
詭秘檔案

夜不語

詭秘檔案804

Dark Fantasy File

共享單車

夜不語 著 Kanariya 繪

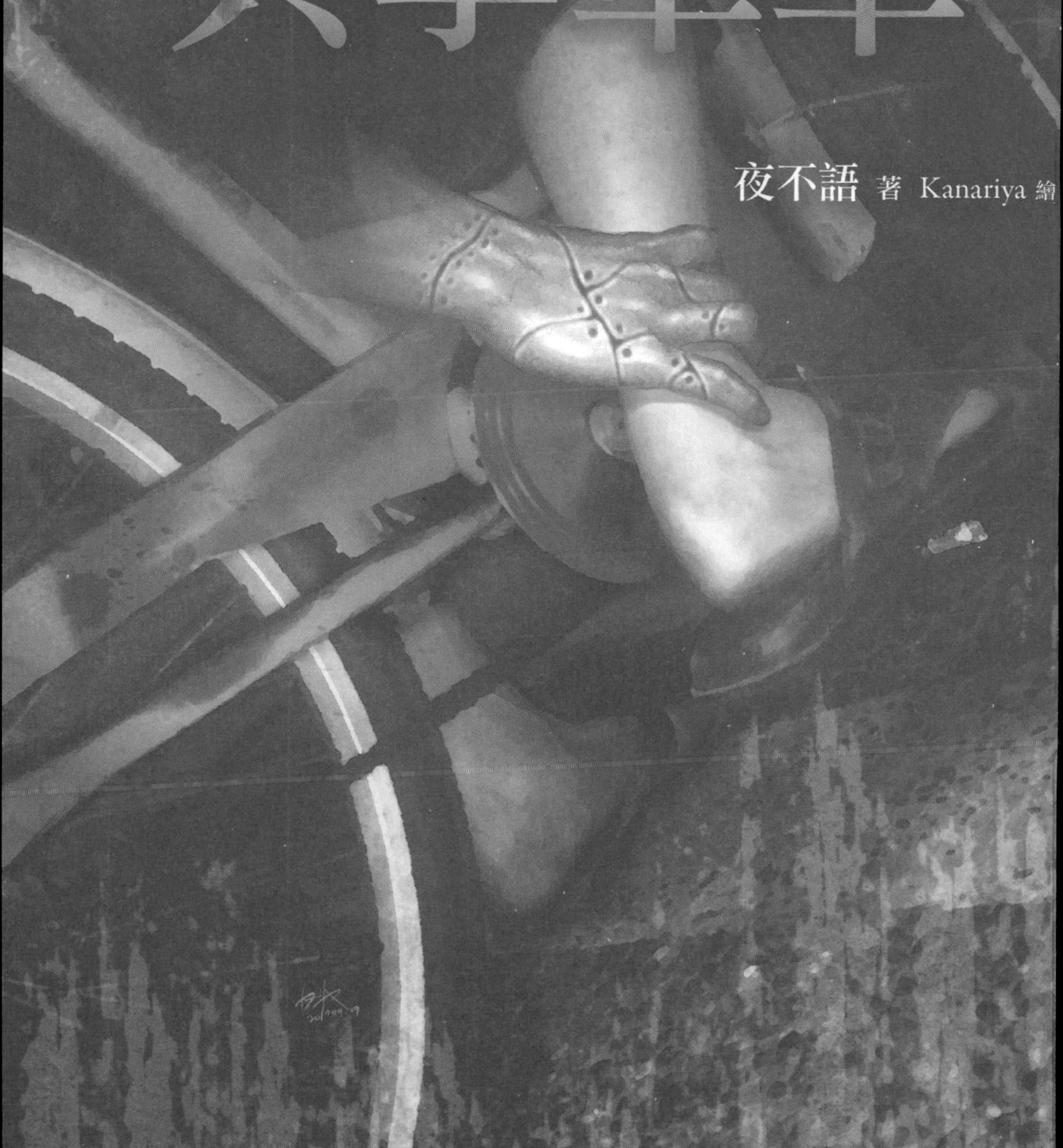

CONTENTS

008 自序
013 楔子之一
024 楔子之二
038 第一章　再回春城
053 第二章　浴室求生
067 第三章　邪惡的單車
082 第四章　單車墳場（上）
096 第五章　單車墳場（下）
113 第六章　別回頭

128 第七章　受害者聯盟
142 第八章　消失的單車們
157 第九章　岔道驚變
172 第十章　單車的恐怖秘密
183 第十一章　隧道驚魂
201 尾聲

自序

這幾天成都一直持續著攝氏三十七度的高溫。很好很強大，待在空調房中，看著窗外任何物體都在散發著熱輻射的世界，恍惚覺得進入了末日模式。

一個禮拜前的下午，帶著女兒、牽著妻子，開著車逃入了深山當中。山中還算涼快，尋了一處玩水的河邊，一邊看餃子在竹筏上跳來跳去，我一邊打開筆記型電腦，趕稿子。

今年寫稿的速度不快，自己正在為《夜不語詭秘檔案》第八部的完結，而奮鬥努力。

閏年的夏天，不好過。

避暑的時候順便寫了些文字，每每坐在山明水秀的河邊，我都會有一種疑惑。人，為什麼非得要工作呢？

不工作多好。

從出生開始就拋棄一切欲望，每天開開心心、沒心沒肺的過，有多好啊！管他社會進步不進步、無所謂溫室效應、不在乎臭氧層破洞。不攀比、只蜷縮在自己小而美的世界裡，過自己的日子。

不是也挺好嗎？

但是吃喝住宿怎麼辦？嗯，去山裡挖一個三房兩廳的洞，種一些蔬果植物。嗯嗯，餓了吃一點自己種的蔬果、渴了喝些山泉水。

不錯不錯。想著想著心情不由得激動了起來。

於是我晚上就在這山明水秀的地方，找了間酒店，準備住一個禮拜，好好體驗一下初階的小而美生活。

所以前幾天，我每天的生活模式是這樣的，早上帶著女兒在盤山公路上沿著高聳的山峰到處溜達。下午帶著女兒沿著山澗的溪流岩石繼續到處溜達。

餃子每天都在問我，「爸爸，我們在幹什麼啊？」

「爸爸在找可以挖三房兩廳的山洞。」

「可是爸爸，我們挖洞幹嘛啊。熏肉？」

不愧我幫她取名為「餃子」，這個小貪吃鬼對食物的欲望幾乎可以表現在任何地方。

「爸爸想住住山洞。因為這本書的稿子寫了半年都沒寫完，爸爸要放棄人生。嗚嗚。」我對餃子說。

餃子一臉鄙夷，「爸爸，好累啊，我可以回家了嗎。」

「不行，我找到地方挖洞的時候，妳還要提著小桶子幫我運土呢。」我拽著餃子在河邊一個綠油油的斜坡上停了下來。

這一塊山坡大約有一百多平方公尺，山坡一面靠著清澈的小溪水，其他面全是漂亮清脆的松樹。在這海拔兩千多公尺的野山上，算是很優美的地方了。

「這地方不錯，適合隱居。」我用力地用右拳頭搥了搥左手掌。

「爸爸，我想回家。」

「妳挖沙的小鏟子呢，借我挖土嘛。」我蹲下身，抓了一把水。甘甜無比的清澈溪水，順著指縫流盡。我走到山坡盡頭，剛好看到樹林裡就有一個高聳筆直的石壁。

「妳看，妳看。小餃子，這裡挖洞不錯哦。石頭的，挖了洞不怕坍方。」我滿意的拍了拍石壁，入手冰涼，哪怕是熱死人的夏天住在這兒肯定也會清涼如春天，「可惜是石頭的，餃子妳的小鏟子挖不動。」

餃子嘟著嘴，「爸爸，我想回家。」

「回家幹嘛，我要工作，妳還要寫作業。」我試圖招安她。

「那爸爸，你把手機借我玩玩遊戲。我在這裡等你挖洞喔。」

「好吧，好吧。只能玩十分鐘。」我點點頭，將手機遞給她。

餃子的小眼神骨碌碌地轉了一圈，趁我背著身觀察附近的地勢地貌的時候，撥電話給媽媽。

「媽媽，爸爸在這裡說奇怪的話。還要挖洞呢。我想回家……」

咦！這小蘿莉居然叛變了，我可不記得自己有教小蘿莉這麼兩面三刀的技能。

咳咳，總之，那個，我初階的小而美「逃避工作隱居深山」的完美計畫，就這麼被妻子提著我脖子將我趕回酒店，跪一晚上的榴槤殼作為結束。

但是親愛的朋友們，相信我。本人能夠大言不慚信誓旦旦的告訴大家，等自己趕下本書的時候，一定會想辦法繼續挖我三房兩廳的洞穴，再次嘗試不要臉的拖稿……

咳咳咳，嗯，那個，隱居的！

夜不語

單車，作為從前的代步工具，現在早已經不再流行。反而變成了喜歡健身的達人在假日的騎行鍛鍊工具。

由人力驅動鏈條的機械，或許並沒有你想的那麼簡單。

單車也可以成為人性的一面照妖鏡，特別是那些單車並不屬於你，而屬於大眾，被大眾共享的時候。

或許，用的人多了。這單純的沒有生命的工具，同樣會變得驚悚可怕……

不信？

就讀讀這個故事吧。

楔子之一

「等我賺到五百積分的時候，我們就結婚！」

「不要。」

「沒關係，現在拒絕我沒關係。等我賺到五百積分的時候，妳一定會答應我的。」

這幾句話猶如還在耳邊，可是孫陵卻已經絕望了。

一切的一切，都要怪自己該死的欲望。

這個世界很殘酷，人類與同類之間的差異性，造成了人類與人類的不同。在這不同中，決定了人造鋼筋叢林裡的規則，比大自然的叢林法則更加殘酷。

殘酷的法則，更加催生出了一種職業。

獵人。

人類世界有各式各樣的獵人。他們為雇主尋找丈夫或者妻子出軌的證據；他們替買主排隊、送花、甚至一切你想得到想不到的事。

但無論如何，獵人是一種職業，他們想要尋求的是銅臭的金錢回報。

唯獨一種新興的獵人並不追求現金回報，甚至不需要物質回報，至少現在還不是。

他們更在乎社會責任的滿足感。

這類人，將自己稱呼為——共享單車獵人。

說起共享單車，是最近幾年的新興事物之一。一個新型事物的興起，自然是因為它有很大的需求。所以當共享單車被各大公司投放到街道上時，這種基於大數據，沒有停車樁、隨時用、可以任何地方停的小單車，頓時風靡了所有城市。

春城是個二線城市，雖然人口超過一千五百萬，但是人們因為房價便宜所以壓力很小、因此消費能力就顯得高起來。如此旺盛的消費力，自然成了幾家共享單車公司投放的重點區域。不知何時，紅紅藍藍各種的單車佔據了大街小巷，為大家帶來了方便。

可是人多了車多了，什麼亂七八糟的事情就都出現了。

「我說，咱們春城最近人越來越沒水準了。完全不能體現出咱們是現代文明社會。」孫陵就是一個單車獵人。他中午下班後，照例在單車獵人群組裡嘮嘮叨叨，「我今天一個早上救了十多輛頂禮單車。」

「頂禮」是一家共享單車公司。這間公司這兩年在春城總共投入了至少五十萬輛共享自行車，佔了市場的很大一部分。他們家的共享單車通體紅色，在街道上非常顯眼。而且據說研發費用高達數千萬，整輛單車上集合了無鏈條、非充氣輪……等等免維修設備和 GPS 定位等高科技，所以整輛車的造價也很高。

都說共享單車是國民品德的照妖鏡和放大鏡。每一個挑戰人性的新生事物，如果沒有嚴格的法律作為底線，都會失敗。

事實確實如此。據說有些城市的共享單車損壞率高達百分之七十，甚至有許多人私自將共享的車搬回家佔用、扔進河中、焚毀、在座椅上插沾著不明液體的針。

單車獵人的工作，就是阻止共享單車被人為破壞和自私的佔用。

當單車獵人的原因，每個人都有各自的理由。或是因為公益、或是單純因為無聊。沒有人是職業的，畢竟解救共享單車，沒有任何收益。許多人甚至將尋找遺落在各個非法角落的共享單車，當做AR遊戲玩。

但孫陵尋找共享單車的理由，和任何人都不同。

他並不是無私的。

他有一個目的。他希望迅速累積頂禮公司發給共享單車獵人的積分。越多越好，越快集滿五百分越好。

「你還差多少五百分？」群組中有人問他。

孫陵看了看APP，「還差一些。」

每救援十輛車便積一分。五百分需要找到五千輛違規停放或者損壞、佔用的共享單車。他嘴裡說還差一些，其實還差許多。畢竟這個城市雖然有五十萬輛車，但卻分佈在一千平方公里的範圍中。大城市對於一個單獨的人類而言，面積實在是大得可怕。

更何況，單車獵人並不止他一個。

這個世界無聊的人有許多，有公德心的人也越來越多。所以現階段最彰顯公益價值的單車獵人，也越來越多了。

對於城市而言，人的水準提高是好事。但是對孫陵而言，卻是壞事。

「小夥子，你似乎想當春城第一個積滿五百分的單車獵人？」群組中，那個老年的單車獵人問。

「對啊，我想拿到那個禮物，向自己的女朋友求婚。」孫陵直言不諱道。

單車獵人雖然是自發行為，除了積分外，並不會得到任何獎勵。但是前段時間頂禮公司卻在論壇上發佈了一則資訊，說是要獎勵每一個城市的前十名一些神秘禮物。每個名次對應的禮物都不同。

究竟是什麼神秘禮物，其實禮物本身早就已經公開了。所有單車獵人心知肚明。第一名的那個禮物，讓偶然知曉的孫陵心臟猛跳了好幾次。

就是那東西！就是那東西！看到那個禮物，一直都不願意嫁給他的女友，肯定會欣喜接受他的第N次求婚的。

這次肯定行得通。

所以孫陵才信誓旦旦地對女友說了「集滿五百分就嫁給我」的話。畢竟得第一名，需要是每個城市在限定時間內，第一個集滿五百積分的人。

問孫陵的老人姓張，是機械廠的退休職工。也是帶孫陵進入單車獵人群組的師傅。

很有趣的是，單車獵人這個沒有薪水純公益的行當，也是需要師傅的。

雖然作為師傅，但張老其實也才認識孫陵一個多禮拜。

「原來是這樣，難怪你那天見我移動共享單車，非拉著我帶你入行。」張老嘆了口氣。

沒有人帶入行的單車獵人，並不被共享單車公司承認。也沒辦法累積積分。畢竟只有進入了幾個官方微信群，頂禮公司才會在你的 APP 上特意開一個通道，單車獵人可以通過這個普通人難以接觸的通道，將違規的單車資訊拍照傳回公司去。

公司承認你對共享單車的解救行動後，才能積累這種特殊的，只有單車獵人特有的分數。

有比較就有競爭，有競爭就有壓力。人類，本就是這類愛攀比愛排名的生物。特別是積分榜前十名，還有特殊禮物送，更是激起了人性最脆弱的那一面。

「既然我是你師傅，我還是有責任幫幫徒弟的。」張老想了想，通過微信語音道：「你還差多少分？」

「我現在才三百多分。」孫陵回答。

張老倒抽了口涼氣，「小夥子，你行啊。你可真夠拚命的。短短一個多禮拜，你就尋找到了三千多輛違規使用的共享單車。你這傢伙是不是工作都不幹了，覺也沒怎麼睡，一天到晚就滿大街的溜達找違規車？」

「但是這積分並不算高。比我積分高的可多了去了。」孫陵苦笑了一下。自己哪怕如此努力，可積分也不算多。春城最多的一個人，已經四百多分了，頂多再一兩天，那個牛人就能集滿五百分。

自己剩下的時間，不多了。

「你勝算不大啊。為什麼你覺得有那個東西，你小子的女朋友就會答應你的求婚？」張老好奇地問。

孫陵又是一陣苦笑，「這個說來話長。」

他顯然不願意細說。

張老識趣的沒多問，只是又嘆了口氣，「你要想得到那個特殊禮物，贏面實在不大。最厲害的那個傢伙我認識，他退休前是幹刑事偵查的，根據經驗一眼就能判斷哪兒有違規車。最可怕的是，那牛人又很富正義感。本來退休後沒事幹，正義心沒地方發洩，一天到晚去街上抓小偷。共享單車出現後，他也算是把自己在警局的偵查經驗用到了尋找共享單車上。」

孫陵目瞪口呆，「他這叫作弊。」

「可不是作弊嘛。幸好這傢伙這兩天摔到手，今晚才剛出院。那人閒不住，最晚明天就能湊齊五百分。」張老撇撇嘴：「你還差一千多兩千輛車，哪裡找得夠嘛。」

孫陵黯然地嘆氣，「難道我真的要放棄？」

「不一定。說不定。」張老突然記起了什麼，打開了私聊，壓低聲音，神秘兮兮地說：「你應該記得我是附近機械廠的職工吧？」

「對啊。」孫陵有些意外地問：「這個跟我的積分有什麼關係。」

「有關係。你肯定不知道，機械廠附近，有一個共享單車墳場……」

「共享單車墳場？」孫陵撓了撓腦袋：「什麼意思，我沒聽懂。」

「這樣說吧。就連老頭我也沒搞懂，那個鳥不拉屎的鬼地方，怎麼就變成了共享單車的墳墓。」張老自己也很疑惑：「這樣吧，我也沒辦法解釋。你把頂禮單車的APP打開，我給你一個坐標，你將APP裡的地圖調到坐標位置，就明白了。」

說完張老傳了一個GPS坐標過來。

頂禮單車的APP打開就是一幅城市地圖，中央的紅色圖釘是自己的位置。在本人所在位置為中心周圍五百公尺內的單車都會顯示。紅色小車圖示是沒人使用的共享單車，暗紅色表示正在使用。

孫陵將所在位置設到張老給的GPS坐標上，他的手機居然瞬間卡住。APP毫無回應，怎麼點擊都沒用。

等了一分多鐘，等到他快要不耐煩的時候，卡住的程式這才動了一下。緊接著的一幕，令孫陵目瞪口呆，甚至有些毛骨悚然起來。

只見APP裡的地圖上，密密麻麻地顯示著紅色的小車標誌，多到完全數不清。層層疊疊的未預定共享單車黑壓壓的一起出現，駭人聽聞。

孫陵全身發冷之後，心底突然湧上了一股狂喜。

張老傳了訊息過來，「意外吧，震驚吧，沒想到吧？老頭子我當時也沒想到，也是偶然發現的。本來準備明後天抽空去看看是怎麼回事。但是我女兒請我幫她帶帶外孫，所以這件好事就成全你了。」

孫陵興奮道：「這滿螢幕的，大概有幾千輛單車吧。怎麼會全都密密麻麻地出現在這鬼地方，這兒離城市不算近，也遠離主要幹道、客運站與火車站，周圍甚至都沒什麼人居住。誰會特意把單車騎過去？」

「這個老頭我也不清楚，送你們年輕人去調查吧。不說了，我孫女扯我頭髮咧。」

張老退出了私聊。

唯獨剩下孫陵還站在街頭興奮不已。看著螢幕上滿滿的紅色小車，那密集到令密集恐懼症患者絕對會犯病的密集程度，孫陵突然背脊發冷起來。

不知為何，他總覺得這紅紅的單車標誌，像血一般濃稠，隔著螢幕都散發著不祥的氣息。

孫陵搖晃著腦袋，看了看 APP 上的積分——314。離五百分還有一百八十六分。他排在春城獵人排行榜四百名之外。而排第一的那個叫做「狐狸」的共享單車獵人，已經 485 分了。狐狸只需要再找到一百五十輛違規單車就能湊足五百分。

形勢很嚴峻，容不得他絲毫的猶豫。為了N加一次向女友求婚，並最終成功。孫陵決定拚了，下午繼續翹班，去那個所謂的單車墳墓看看情況。

但是他並沒有預料到，這竟然是噩夢的開端！

午飯後，孫陵坐公車出了春城，在118號公車的終點站下了車。這裡位於城市西郊，離美骨鎮並不遠。但是公車只開到這兒，據說裡邊曾經有一座鋼鐵廠，可是那座鋼鐵廠早已經倒閉廢棄。

公車站，一個人也沒有。一陣風吹過來，冷得孫陵刺骨發寒。

他孤零零地站在公車月臺上，看著刷成黃色的公車絕塵而去。周圍動態的東西只剩下被風吹得搖晃的樹，以及他自己而已。

孫陵一陣苦笑，掏出手機仔細確認位置。

那個所謂的「共享單車墳墓」，離這兒足足有五六公里遠。公車站附近並沒有共享單車可以騎，失算，看來只能甩雙腿自己走過去了。

偏僻的公車月臺，越是往目的地走，越是偏離人類的居住區。一條髒兮兮的公路，兩旁大量茂密的植被幾乎將公路遮蓋起來。兩邊的樹木使勁兒的拚命生長，孫陵偶然抬頭看了一眼，頓時嚇了一大跳。

無數樹枝滋長在頭頂，可是卻離奇的只有枝幹，沒有葉子。那些歪歪扭扭的枝幹活像是數不清的乾枯的爪子，攝人魂魄。

「我的媽呀，這鬼地方怪可怕的。整條路上人都沒有，怪了，怎麼會有那麼多人把共享單車騎過去？」孫陵越發感覺有些奇怪了。他總覺得這條路很悚人，他低頭看了一眼手機。紅色的目的地圖釘，死死地釘在一座像是矮山的地方。

孫陵從沒去過那兒。他實在想不明白，那鬼地方明明有五公里多的崎嶇山路，也沒任何風景名勝。那些無聊的人，幹嘛要騎車過去。騎車去就騎車去吧，最後還不是全都棄車自己走回來。

想不通，實在想不通。

不過孫陵本就是不喜歡用腦袋的人。他現在滿腦子都想爬上排行榜第一名，得到那個東西，向女朋友求婚。

除此之外，他實在找不到任何拿得出手的東西。他一窮二白，沒車沒房，甚至連買心儀的訂婚戒指的錢都沒有。可如此沒用的自己，女友也從未拋棄。孫陵覺得自己很幸福，除了女友總是不同意自己的求婚外。

不知為何，一次又一次，對他的求婚暗示視而不見。逼急了，女友總說時候未到。得了第一，拿到那個禮物。孫陵很有信心，女友一定會答應自己的求婚的！

想到這兒，孫陵突然就覺得腳下的路也沒那麼陰森了。看起來遙遠的目的地，也彷彿不那麼漫無止境了。

他就這麼走了大約一公里，腳有些發痛。突然，孫陵發現路旁的樹叢中閃過一絲紅光。他仔細一瞅，居然是一輛頂禮共享單車。不知道是哪個沒水準的人將車扔在了樹後邊。

孫陵心裡一喜，他將車抬出來檢查了一番。沒有損壞的痕跡，只有些輕微的刮傷。車的前一個租用者不知道遇到了什麼事，似乎慌慌忙忙地在車還沒停穩的時候就跳車離開。而單車依循慣性直直地移動了一段距離後，撞入了樹叢裡。

「這應該也算是違規使用吧。」孫陵喜孜孜地幫單車拍照後，在APP中舉報。

「我操，居然沒網路訊號。」他罵了一聲，看了沒有鎖住的頂禮共享單車後，乾脆騎上車朝張老口中所說的「共享單車墳場」騎去。

風吹在臉上，如刀割一樣的痛。這裡的風也是怪得很。

「終於有車騎了。有車和沒車就是不一樣，快多了。」孫陵一邊騎車一邊查看手機地圖。地圖上目的地和他的所在距離不斷減少。確實比用雙腿走路快得多。

很快，路就騎到了盡頭。

孫陵看著前方，有些傻眼。

明明目的地已經到了，可這，到底是怎麼回事？

楔子之二

人類的一輩子，會遇到無數的意料之外。

所以，一直以來，捷徑和小聰明似乎就成為了一對兒好朋友。與之類似，樂觀、正面的東西反而遠不如消極、負面的東西傳播得快。

消極的東西在基因層面就對人類本身，有著天生的吸引力。懶惰的人總比勤奮的人多得多。幹正事的時候，遠遠不如偷懶的時候舒服。如果人類是一部機器，那麼這部機器的 BUG 恐怕會和天上的繁星一般多。

可就是這麼不完美的人類，卻偏偏在這個星球上繁衍出璀璨的文明。

但不可否認，無論文明社會進步到哪個階段。人類，都會莫名其妙的在一部分人身上，出現離奇的、和主流社會價值觀完全背離的行為。

例如，那些騎著共享單車進入這座山裡的人。

孫陵完全想像不出來，這些人幹嘛騎著只適合短時間騎行，騎久了會非常不舒服的「頂禮」共享單車那麼遠，來這鬼地方。

他手機上的地圖顯示，密密麻麻的共享單車就在眼皮子底下。可是孫陵眼前明明就只有一片空地，空地上全是雜草。雜草裡扔了許多垃圾，骯髒不堪。

除此之外，哪裡有什麼兩千多輛共享單車？不，不對，哪怕真有共享單車，這山腳下的小塊空地大概也放不了那麼多吧。

孫陵撓了撓腦袋，有些不知所措。眼前的這座山並不高，水泥路修到這兒後，就突然斷了。就連兩旁栽種的行道樹都隨著路消失的方向，沒冉繼續延伸。就彷彿是有隻無形的大手，一巴掌打在路中央，將路連帶樹木都生生截斷。

「市政規劃有夠糟糕的。」孫陵吐槽道，他的視線在地上掃視了幾下，突然發出了「咦」的一聲。

右側亂七八糟的草叢中，隱約有個藍色的東西在反射著太陽光。孫陵走過去，吃力地將草撥開。由於荒草太密集，最後他的手部動作從撥變成了拔，才把那玩意兒弄出來。

那是個路牌，刷成藍色的路牌斑駁不堪，不知道已經荒廢了多久。

孫陵皺了皺眉頭，他覺得這個路牌有些不簡單。彷彿是被人刻意砸下來，不知多久以前埋入土裡的。

路牌有三個箭頭。左箭頭指著美骨鎮，右箭頭指向春城。向前的箭頭一共四個字，被人用利器刮掉了油漆，只能依稀辨別前方應該是某某隧道。

孫陵撓了撓腦袋，他覺得自己的大腦有些發昏。這是怎麼回事，既然有路牌，那眼前的道路以前是有的，而且不止一條，足足有三條才對。可是這條路什麼時候荒廢斷掉了？而那幾千輛的共享單車，並沒有在 GPS 標示的地點。那麼，單車究竟去哪裡了？

他再次掏出手機，看了看頂禮單車 APP 上的地圖。無數紅色的圖釘將自己的位置覆蓋得嚴嚴實實，那些違規丟棄的共享單車，明明就應該在自己的眼皮子底下才對。

不對！自己肯定有哪裡弄錯了。

孫陵使勁兒地搖搖頭。他死死地看著手機螢幕，突然腦袋開竅，想到了些東西。頂禮共享單車是依靠 GPS 定位的。這裡是山地，樹木茂密，會不會是所有的單車在進入了這個區域後，就再也接收不到 GPS 資訊，也無法回饋資料。

所以，其實這個地方，並不是那些無聊的人騎車的終點，僅僅只是共享單車最後發出資料的地點罷了。

每一輛共享單車在騎到這兒後，就發出了最後的資料。於是 APP 地圖上，共享單車的身影，也最終殘留凝固在了這鬼地方。

想到這，孫陵不由得急了起來。找不到單車，也就意味著他無法繼續累積單車獵人的分數。也就意味著，他得不了第一，更無法贏得那個獎勵。

他就，無法向女友，求婚了。

不行。既然單車沒有回到資料覆蓋的地方，頂禮公司的資料庫沒有這些單車。也就意味著，那幾千輛單車，仍舊是失蹤的。他還有希望，只是必須找到，那些單車，真正的目的地！

孫陵不笨，他總覺得自己是生不逢時。如果是生在古代，怎麼說也是個梟雄般的存在，不可能混得像如今一般不上不下。他猶豫了片刻，決定往前騎一段距離試試。既然有人刻意砸掉路牌，甚至刮掉了路牌上某隧道的名字，那麼極有可能，秘密，就隱藏在那個隧道中。

他騎上共享單車，剛往前騎出水泥地，進入泥土和荒草中。孫陵頓時又「咦」了一聲。奇怪了，這個荒草地是怎麼回事？草叢下，似乎隱藏著某種不容易形容的事物。

孫陵跳下車，扒開車下方的雜草。

泥巴中一條深且清晰的車輾痕跡露了出來。車道痕跡，非常的深，但是卻很窄，大約只有自行車輪胎的寬度。從深淺判斷，應該是有車經常來往。最古怪的是，這片草叢非常寬闊，大約寬三十幾公尺。

孫陵沿著草叢仔細尋找了一遍，竟然整片草叢，只有這麼一條寬不過半截手指的輾痕。這令孫陵頓時毛骨悚然起來。

他打了幾個寒顫，自言自語道：「怪得很，從深度上看，車痕像是許多自行車碾壓造成的。難道是那些騎共享單車進來的人留下的痕跡？」

想到這兒，孫陵的寒意更深了。接近兩千輛共享單車，按照相同的軌跡騎入深山中，這意味著什麼？三十幾公尺寬的草叢，但那些前仆後繼的騎車人，卻準確的尋找到了那道不足六公分的痕跡，並順著這條痕跡往前騎。

事出反常必有妖，難道這條路的盡頭，真隱藏著某個可怕恐怖的秘密？該不會是國家的某個秘密基地就在裡邊？

還要不要，進去瞅瞅，碰碰運氣呢？

孫陵猶豫了，可最終，想要拿那東西向女友求婚的意志占了上風。他一咬牙，還是決定進入山中找丟失的兩千多輛共享單車。

下定決心後，孫陵鼓足勁騎車深入了草叢。沒騎多久，草變少了，進入了稀稀疏疏的樹林。

雖然腳下沒有路，但是往前尋找方向並不困難。越是往前，孫陵越能判斷出，消失的共享單車肯定就在前方某處。因為樹林雖然在變密，可始終有一個空隙，能容人騎車前進。

又騎了大約十多分鐘，眼前的森林突然峰迴路轉，視線驀然開闊起來。頭頂遮蓋住陽光的茂密樹冠不見了，露出了一條鋪滿落葉的柏油路來。

這條路，一直往前延伸，直入深山中。

看來這個，就是路牌上指著的，通往某隧道的廢棄大道。

孫陵頓時興奮起來，腳上踩踏單車的勁也大了許多。

再次往前騎行半個小時後，一個黑黝黝的洞口，出現在他面前。深山中的不知名隧道，到了！

就在這時，孫陵猛地按下煞車，從車上跳下來。眼前的景象，讓他心驚膽戰，驚恐不已。

偌大的隧道，就在斷路的盡頭。兩旁樹木無限靠近的枝椏，在這隧道前的十公尺處，戛然而止。原本綠油油的樹枝，彷彿遇到了冬天般，乾枯殆盡，只剩下光禿禿的樹幹和黑漆漆如老繭般的樹皮，怵人得很。

不光是樹木，就連地上的路，都變得坑坑窪窪。像是樹木和路，被什麼帶有腐蝕性的物質，傷害過。

孫陵用力抽了抽鼻子，他在空氣中，沒有聞到任何異味。看來那種腐蝕性的物質，應該是許多許多年前曾有過，現在早已經揮發完了。

他一邊猜測，一邊緩慢地往前走，準備一有不對勁兒就轉頭逃掉。畢竟一路走來，無論是毀掉的路牌、從中斷裂的路、還是被刻意抹掉的隧道名字。無一不預言著，這個隧道，曾經有過黑歷史。

被腐蝕的路面和樹木，並不是逐漸受到侵蝕的。因為兩者之間沒有任何的過渡，在離隧道十公尺的地方，猛然間腐蝕傷害就出現了，而且被腐蝕處受到的傷害十分平均。

孫陵並不是個好學的人，他讀書不多，有限的知識中完全找不到究竟哪種物質，能造成眼前的景象。

在走進腐蝕區時，他更加小心翼翼了。

當他整個人都沒入腐蝕區的時候，突然，原本覺得還不算太陰暗的天，竟然暗淡了下來。如同彩色照片變成了斑駁的黑白。他的心抖了幾下，顯然是有些害怕。

他這時候才抬頭，準備看看隧道的全貌。

這是個四線道的隧道，修建的年代已經有些久遠了。整個隧道的牆壁塗著灰白的石灰，許多地方都剝落了。

隧道外的左右兩側各有兩個小門，應該是設備和檢修用通道。小門的門不知何時被拆除了，門洞也被人用磚頭封了起來。

隧道裡黑漆漆的，什麼也看不見。陽光射不進去，也不知道深淺。隧道的影子拖拉在地面，太陽就在隧道的背後。眼看黃昏近了，那滿地荒涼蕭條的恐懼，在這大深山裡蔓延。

這鬼地方，不能久待。天真黑了，鬼才找得到回去的路。

孫陵決定速戰速決，他看了看錶。下午四點五十七分。春城的太陽通常在七點落入地平線，夜晚通常在七點半徹底來臨。

可是山裡的夜，一般都來得更加的早。再加上需要一個多小時往回走，所以留給他的時間並不多。甚至，只有不到半個小時。

孫陵沒再多浪費時間，快步走入隧道中。隧道在黑暗中延伸，不知通向何處。一進到陰影裡，他頓時什麼都看不見了。

伸手不見五指的黑暗，將他整個人吞噬乾淨。孫陵連忙掏出手機，將四周照亮。

「春城附近的隧道，沒聽說有特別長的。我就往前走一兩公里，如果還是找不到車，就回去。」孫陵低聲為自己打氣，「大不了再想想別的辦法，總會求婚成功吧。」

一想到求婚，他膽子又大了些。

手機上的 LED 燈，剪刀似的，剪開了周圍的黑暗。黯淡的顏色，在這荒廢的隧道中彌漫，讓人心驚膽戰。

走了一陣子，孫陵突然覺得這地方似乎也沒什麼恐怖的。沒有電影和小說中平常廢棄的隧道的骯髒，一路都乾乾淨淨，沒有積水，甚至沒有多餘的雜物垃圾。

可這沒有盡頭的乾淨，卻令孫陵老是感覺哪裡不太對勁兒。

就在這時，孫陵猛然間看到自己手機螢幕上反射出了一團黑影。

那團黑影，不斷地朝自己靠近。

孫陵嚇得心都快要凝固了。在這暗無天日的沒有人的隧道，怎麼可能有影子從背後出現，它似乎在追著自己。

該逃嗎？還是找什麼東西反擊？

孫陵嚇傻了，膽小的站在原地，一動也不敢動。

倒是那個黑影，竟然開口對他喊起來：「別緊張，我不是壞人。」

「不，不是，不是壞人。那，那你是什麼人？」孫陵一時間嚇得都結巴起來。

「我真不是壞人。來的路上看你縮頭縮腦，賊眉鼠眼的，不小心就跟上來看看狀況了。嘿嘿，職業習慣，職業習慣。」來的人聲音沉穩，不緊不慢。顯然是在消除他的戒心。但聽那聲音，不知為何，孫陵卻真的有些平靜下來，覺得他好像真沒什麼惡意。

「你看吧，我手都摔斷了，不可能對你有威脅的。倒是你找的這個地方，嘖嘖，有點意思。」來人在黑暗中點燃打火機，抽了一根煙。

「所以你是跟蹤狂？」藉著火光，孫陵總算是看清楚了那個說話的人。

這個人大約六十多歲，但似乎經常風餐露宿，臉上的皺紋深邃得鬼斧神工，右側眼皮下方，甚至還有幾道深刻的刀疤。這位老者左手摔斷了，打著石膏，以白色的繃帶牢牢綁在脖子上。

孫陵皺了皺眉，腦袋中一道靈光閃過，一個名字脫口而出，「你是狐狸！」

老者明顯驚了一下，但是他掩飾得極好，「你怎麼知道我的網名？」

「你在單車獵人排行榜上排第一。」孫陵心中暗道不好。本來自己最想追上的傢伙，居然跟自己找到同個地方，自己哪裡還有贏的希望。

「原來如此，原來如此。這就說得過去了，我就說一個好端端的人，幹嘛要來這鬼地方。原來是來找丟失的共享單車。」狐狸摸了摸下巴，饒有興味地盯著孫陵：「可你從哪裡知道我網名的？」

「單車獵人群裡的張老告訴我的。」孫陵回答。

「張老那個愛管閒事的傢伙。」狐狸深深吸了一口煙，「聽你的語氣，你似乎不知為何想要贏我？這樣吧，咱們做一個交易。」

「什麼交易？」孫陵好奇地問。

「看到你來的路了吧？」狐狸伸手，用黑暗中黯淡的煙頭火光，指了指隧道出口方向：「你把你單車獵人的號碼給我，然後你頭也不回地走出這個隧道。注意，千萬不要回頭看，一次也不要。之後，安安靜靜地離開這兒回家。到時候我找到了丟失的單車，全都算你找的。年輕人，這個交易怎麼樣？」

孫陵猶豫了一下，終究還是搖了頭：「狐狸先生，雖然我確實想要得第一，但是我希望是透過自己努力贏來的。不是我贏，就沒任何意義了。」

狐狸又深深地吸了口氣，「為了女人？」

「嗯！」孫陵愣了愣，點頭。

「那就沒辦法了，一個為女人拚命的男人，最沒有辦法勸。」狐狸幾口便將手裡的煙吸了一大半，將剩下的部分扔在地上，踩滅：「你確定你不回去？」

「不能回去。說不定我找到的共享單車，會比你多呢。」孫陵提起精神。

「但你繼續待在裡邊，或許會沒命。」狐狸嘆了口氣，語氣嚴肅起來，「我沒有開玩笑。」

「抱歉，不管怎樣我都要進去試試。」孫陵其實一開始還是有些怕的，但是來了個老員警，心態突然就有些死豬不怕開水燙了。

「那咱們兩代人，就試著往這龍潭虎穴裡闖一闖。」狐狸雖然看出了他的心態，但卻沒再阻止他，突然伸出手，將他的腦袋扶正，直視前方，「但是一定要答應老頭我一件事。往前走後，就不要回頭。千萬不要回頭。無論遇到什麼狀況，哪怕是我突然死在你身旁，都要保持視線不偏不倚，正視前邊。」

這個無厘頭的要求，孫陵雖然疑惑，但還是答應了。

「答應了就好。答應了就好。對了，小兄弟，你叫什麼名字，可以順便幫我個忙嗎？」

狐狸吃力地指了指自己身後的背包外掛著的強光手電筒。

「我叫孫陵。」孫陵把強光手電筒取了下來，小巧犀利的手感與格格不入的沉重令他吃了一驚：「哇，高級貨。」

「當然。既然張老跟你透過底，那你肯定知道我退休前是幹嘛的。」狐狸得意道。

孫陵點頭，「據說您是刑事偵查隊的。」

「我的部門跟刑事偵查隊等級差不多。」狐狸打開強光手電筒，高級貨不愧是高級貨，小小一個，發出的光卻極為強大。四線道寬的隧道，十公尺範圍的長度，被照射得通透無比。

孫陵沒什麼見識，怎麼可能明白狐狸口中所謂的「和刑事偵查隊等級差不多」的部門，究竟是什麼。為什麼狐狸會說得那麼沉重。

「小夥子，你猜猜我為什麼會到這條隧道來？」狐狸一邊和他往前走，一邊寒暄。這老人大概平時很少和人交流，帶著個陌生人就變成了話嘮。

「你不是來找遺失的兩千多輛共享單車的嗎？」孫陵問。

「當然不是。」狐狸笑起來：「我也就是在城市發揮一下正義感，臨時當一當道德人士罷了。我來這裡，是彌補退休前的一個遺憾的。」

孫陵突然有種不好的預感，「什麼遺憾？」

「這個隧道，在公安部其實很著名。在許多年前曾經出過一些怪事，死過一些人。所以當地政府為了阻止民眾進來，就把通往這邊的路挖斷了。隧道封閉了許多年，最近，又發生了些怪事。」狐狸嘆了口氣，將強光手電筒夾在脖子下，掏出手機。

「你還記得剛剛你騎到隧道口的那輛共享單車嗎，它的車號是多少？」老頭沒直接說，反而拐彎問起了這個令孫陵意想不到的問題。

孫陵連忙翻開手機的記錄：「7958576。」

「我的手機是特製的，信號好一些。你看看我在進隧道前跟前同事的聊天。」狐狸將手機螢幕轉向孫陵。

孫陵看清楚上邊的文字後，突然感覺渾身發冷得厲害。

狐狸確實對著他剛剛騎的共享單車照了相，並發給前同事：「小周，幫我查查這個頂禮單車的最後騎車人是誰。」

過了一分鐘後，回覆來了。就算是文字，也能感覺到發信人的灼急。

「前輩，你在哪兒。你找到的那輛車是怎麼回事？它的上個使用者，已經失蹤十多天了。家屬報了案，但是單車 GPS 資訊有問題，我們警方至今都沒找到！」

「啊，怎麼回事？那輛單車的上個使用者，在那條路上遇到了兇殺案？」孫陵背脊一寒。

「小夥子，事實遠遠比想像更可怕。那個人，或許沒有被殺害，至少沒有被人殺害。他可能走進了這個隧道。」狐狸的視線在隧道上打量了一圈，他的視線沒有焦點，更像是在洞壁上尋找某些可疑的地方。

「那人進到這個隧道幹嘛？他死在了裡邊？」孫陵又害怕了。狐狸話中有話，迷霧重重，讓他驚恐不已。可這個老頭前邊的所有話加起來，恐怕都沒後邊那一句可怕。

狐狸尋找可疑物的腦袋，移動得更快了，心不在焉地說：「你應該問，那兩千多個騎著共享單車進入隧道的人，都去哪裡了。」

「啊！」這句話令孫陵凍入脊髓、毛骨悚然，「狐狸先生，你什麼意思。難道那些騎車的人，都失蹤了？」

「應該是都失蹤了。但是警局現在由於某種原因，還暫時沒有接到那些人的家屬報案，所以也沒有立案。老頭子我，只能冒死，自己來瞅瞅，隧道裡邊究竟是什麼狀況。」

孫陵嚇呆在了原地，一動也不敢動。他打起了退堂鼓。自己只是來找共享單車的，不是來玩命的。鬼知道這隧道有那麼恐怖，兩千多人進來，就再也沒有出去過。他還準備要向女友求婚，可沒時間找死。

「小夥子，往前走，繼續往前走。」狐狸見他停下了腳步，臉上浮現出一絲焦急：「你以為我剛才為什麼要讓你往前走，而沒再堅持要你退回去？」

「為，為什麼？」孫陵心裡不祥的預感，更加強烈了。

「因為已經晚了！我們倆已經退不回去了。」狐狸沉聲道：「不要回頭，你用手機螢幕當鏡子，往後看看。」

孫陵渾身僵硬地舉起當做手電筒的手機，舉到頭頂，熄滅螢幕。說時遲那時快，令人心跳停止、呼吸系統窒息的　幕，赫然顯現在手機螢幕上！

果然，他們已經，無法回去了！

第一章 再回春城

每個人的內心深處都有一個外人無法觸摸的部分。那個部分，無論是對父母、妻女、還是最要好的兄弟姐妹，都隱瞞著。那個部分如同全是玻璃的小宮殿，裡面的一切物件都是易碎的。

我們一行三人從那個可怕的黑暗校舍逃出來後，回到了春城。夏彤和梅雨都沒有再去美骨鎮，她們打算在春城休息一陣子。

雖然在那恐怖的黑暗空間中，許多謎題都沒有得到解決，甚至連梅雨身上的秘密，也沒挖掘出來。

但是梅雨，出奇的不願意觸碰自己的秘密。哪怕她也灼熱的希望瞭解那個潛伏在她身旁的人，究竟是誰，到底有什麼目的。

可是顯然，那些秘密，都是梅雨內心深處的玻璃宮殿。由於太容易破碎，所以，不希望我和夏彤涉入太多。

夏彤也和梅雨一起拒絕了去我在春城的家小住的邀請，進城後，就離開了。其實在我們逃出生天到回到春城，還發生了一些驚悚的事。但大家都沒有多提及。

傷口已經形成了，哪怕是在傷口上多割幾刀，也不過是將傷口擴大罷了。只有及時舔舐傷口，才是當務之急。

所以我沒有挽留兩人，哪怕我急著想要挖掘梅雨背後的秘密。我能感覺到，讓守護女恢復的希望，就隱藏在梅雨的秘密中。

不過我不能急，我不能將自己的老班長，梅雨逼急。

嘆了口氣，和夏彤、梅雨別過，眼巴巴看著兩人的身影消失在街角。我這才叫了一輛計程車，回到了闊別許久的家。

這棟老爸買的別墅，已經很久沒有人居住了。夜家因為守護女昏迷的緣故，早就陷入慌亂當中。族長把所有的夜族人召回老家商量對策。

其實直到這個時候，我也不怎麼搞得懂守護女相對於夜族，似乎並不僅僅只是一種物理上的保護作用。每每看到躺在床上的守護女，看爺爺皺巴巴的臉上那慌張的表情，我都有種莫名其妙的不安。

風雨欲來，災禍將近。

爺爺一直念叨著這句話，終於在守護女昏迷的第三十天，他讓我背著她離開夜村。

「小語，夢月娃兒一直保護著你。她從來沒有聽過我這個族長的，她一心掛念著你。她從來都說，她僅僅只是你一個人的守護女。她，只保護你。」在決定讓我們離開那天，爺爺絮絮叨叨地拉著我的手，在村中央的大榕樹下，像是漫不經心地在說話。

「小語，其實那不過是守護女的一廂情願。只要她還活著，哪怕離開了夜村。對於夜族而言，都是莫大的保護。但是她現在昏迷了，力量也沉睡了。」爺爺用力抽了一口旱煙，吐出一口嗆人的煙氣。

「你知道不。夜家恐怕在不久就要遇到災禍。沒關係，你沒問題。哪怕夢月娃兒沉睡，她也在保護你。不斷地驅散夜家的詛咒。但是她的力量，也僅僅只剩下保護你的程度。她甚至放棄了自我，放棄了自保。在夢中，咬緊牙關，拚命努力地僅僅只保你。」

爺爺看著滿天星空。這一輪明亮的銀河緩慢地在天空中斗轉星移，爺爺的話，讓我沒有吭聲。

我也無法吭聲。

雖然自己是陷入了陰謀中，但卻是因為我的緣故，守護女才會陷入沉睡。

「爺爺，我該怎麼辦？」過了許久，我才在沉默中悶出了這麼一句。

「背著守護女離開夜家，越快越好。如果沒有找到救醒夢月娃兒的辦法，你小子，就不要回來了。切記，夢月娃兒的力量不多了，為了你自己，也為了她，不要讓她離開你身旁。你最好背著她，無論是洗澡、睡覺，還是上廁所，都要確保她有一部分身體能夠碰到你。切記，切記。」爺爺留下這句話後，站起回房了。

就這樣我在第二天背著守護女離開了。我謹慎地遵守著爺爺的叮囑，一路上將李夢月揹在背上。無論幹什麼，都緊握著李夢月的手。

因為我清清楚楚的知道，爺爺，作為夜家族長的爺爺，那番沉重的話，不是囑咐，更像是遺言。

時間不多了。從爺爺的話中，我能聽出他認為夜家的末日即將到來。如果守護女始終不清醒，那麼除了我之外的所有人，都將死掉。無論是身在夜家的族人，還是出走在天涯海角的族人，沒人，能夠逃生。

時間，真的，不多了！

思索著，看著許久沒有回來的春城的風景，計程車停了下來。

在老爸的別墅前，一個絕色的倩影，出現在門口。她側坐在大門前的凳子上，雙手撐住下巴，不知道在思索什麼。也許是感應到我的到來，她轉過頭，視線望向車內的我。

臉上，露出了一縷開心的笑容。

「妳事情處理完了？」我下車，看著含笑的麗人，內心深處湧上了一絲苦笑。已經很久沒有見到黎諾依了，她說有事情要處理，其實我何嘗不知道，她也在默默拚命地尋找著救自己情敵的方法。

冰雪聰明的黎諾依知道我跟李夢月一衣帶水，牽一髮動全身。雖然她想要把守護女從我身旁剔除，畢竟愛情從來都是自私的。可是，她卻不能。所以經常令她痛苦。她不知道自己是要讓李夢月接納自己，還是自己去適應李夢月的存在。

而對於我來說，在兩者選一個，很艱難。我無法不選擇李夢月，因為她是跟我的血肉連在一起的。我也沒辦法拋棄黎諾依。這個堅強純情的女生，也不會在乎我究竟是不是在乎她。

黎諾依溫柔的外表下，擁有著一顆堅定的心。她絕不會因為我的選擇而放棄對我的感情。

兩難之下，對於兩個人，自己只能不作為，甚至裝傻。直到現在，陷入了更深的選擇障礙中。我們三人的狀況，也越發複雜了。

三個人，都維持著默契的平衡，不願將這平衡打破。至少我清楚，這麼久以來，就連心高氣傲的李夢月，都在和黎諾依的無數次交手中，對她產生了一絲認同感。

「忙完了。」黎諾依淺淺一笑。

我撓了撓頭，「妳怎麼知道我在這兒？」

「猜的。」她將手背到背後，欠下身，看向我揹在背上的李夢月：「嘻嘻，真的昏迷了。你把她裹成粽子揹著，這麼大熱天的，不熱、不重？」

我笑道，「很神奇，確實沒感覺到熱。冰冰涼涼的，而且揹著走路很輕鬆。」說著自己得意地在大門口走了好幾步，證實自己的話：「看吧，多輕巧，完全不會影響活動。」

「咦，挺有意思。」黎諾依繞了我一圈，將李夢月的帽子揭開，伸出手指戳了戳她的臉：「果然是冰冰冷冷的。嗯哼，好像生氣了。」

女孩猛地打了個寒顫，急忙把手縮了回來。

剛剛一瞬間，陷入昏迷的李夢月周圍的空氣突然變得冰涼刺骨，猶如萬載寒冰從深深海底浮出，刺得皮膚生痛。

真正的寒冷感自然不會有，但是一個人的氣勢轉變確實會讓人產生錯覺。守護女無疑是能夠操控氣勢的人，哪怕是真的昏迷了，可被天生的冤家黎諾依一刺激，就產生了自發的條件反射。

黎諾依訕訕地笑了笑，向後退了兩步，在原地轉了一圈。她身上的翠綠色長裙飛揚起裙襬，在陽光下倩麗無比：「阿夜，你看我今天新買的裙子。漂亮吧？」

「還好。」我手指按在別墅的指紋鎖上，門緩緩地打開了：「進去吧。」

黎諾依又瞥了我背上一眼，順從地跟我進了大門。

除了鐘點工外，很久沒有人回來過的家，處處透露著久無人居住的氣息。我們三人穿過花園來到客廳後，女孩老實不客氣地坐到沙發上，那副很沒有形象的模樣，無處不透露著難以隱藏的疲憊。

我皺皺眉。黎諾依突然找來，看來並不單純。只是她既然沒開口，我也只能忍著不問。

「茶還是……」

黎諾依整理一下自己的新裙子，搶先回答：「紅酒。最近睡不好，還是補一些紅酒吧。」

我笑著點頭，倒了兩杯紅酒。我們輕輕碰杯後，居然不約而同的都沒喝。兩人看著窗外沒有言語，發起了呆。

陽光下的樹蔭透出點點斑爛，隨著風一吹，就在地上不停的晃動。花園裡的白色秋千也在擺動，發出咯吱咯吱的聲響。

心，隨著這片平靜而寧靜下來。

「阿夜，你最近又遇到了怪事吧？看你滿臉疲憊的。」黎諾依抿了一口杯子裡的紅酒，然後將杯子輕輕晃動，聞了聞味道。

我撇撇嘴，「同樣的話，我也正想問妳。」

「我確實，遇到了些事情，所以來找你求救。」黎諾依滿不在乎地說著：「不過這件事不急，又不是要我的命。你先說說你的吧。」

我點頭，將最近和老班長梅雨之間的故事以及自己的猜測講述了一遍。（＊詳情請參看，《夜不語詭秘檔案 803：禁止關燈》）

女孩托著下巴，認認真真地聽完後分析道：「你的意思是，怪事的源頭，都來源於你的老班長梅雨。無論是你小學時候班上的黑影，前幾天梅雨任職學校不斷增長的墓碑，還是異空間遭遇的可怕經歷，都和梅雨的身世有關。」

我點頭，「我有個猜測。梅雨雖然是孤兒，但是她可能出自像你跟我一樣的隱世家族。我們的家族都隱藏著某個秘密，擁有某種神秘的力量。梅雨或許也是，那個從小就跟在她身旁的陌生人，似乎並沒有惡意。說不定就是她的家族派來保護她的守護者。」

「當然，這僅僅只是猜測。」我抬頭，看著深思中的黎諾依。

女孩消化完我的話，疑惑道：「但是，你為什麼能確認，夢月妹子清醒的關鍵，和梅雨背後的秘密有關。」

我猶豫了一下，搖頭：「現在我還不能告訴你。」

黎諾依的聰明，就在於她從不會死纏爛打。我不願意說的，她不會像不懂事的小女生那樣哭著喊著說「你不信任我，你都不告訴我」。她立刻就將疑問扔到了腦後，不再提及。

「好了，我的事情說完了。該說妳的了。」我一口將手裡的紅酒喝完：「講來聽聽吧。」

黎諾依「嗯」了一聲，似乎有些不知道該從什麼地方說起。她略一思索後，整理好頭緒，說出了這麼一句話：「共享單車，知道吧？」

「這一定的啊。」我眨巴著眼睛：「共享單車正熱門，都快被外媒報導為新的中國四大發明了。」

「我朋友身上發生的一件事，就要從共享單車說起！」黎諾依的大眼睛一直看著我：「不介意我慢慢說吧？」

我搖頭：「當然不介意。」

「要不，我先幫李夢月妹子洗洗澡。你都揹著她多久了，她上一次洗澡是什麼時候？你幫她洗的啊。」女孩毫無徵兆的轉移了話題。

我腦袋上飛過一串哀叫的黑色烏鴉，默不作聲，又幫她倒滿紅酒，表示這個問題自己不想回答。

「我就問問，這世界多得是有古怪癖好的人。明明別人醒著的時候不搭不理，對人家若即若離的。說不定他就是個戀睡癖。喜歡占不能反抗的植物人便宜。」黎諾依哼哼了兩聲，醋味很重，看著我的眼神表演慾高昂：「啊，阿夜，我可不是說你喔。當然，你要是現在想讓我裝植物人，我也沒關係的。我連裝備都準備好了！」

「喂喂，什麼叫戀睡癖啊。明明就是妳剛才現編的詞吧！」我用力地摸著額頭，太陽穴生痛，「還有妳到底帶了什麼裝備了，我沒見妳帶行李啊。」

黎諾依嘻嘻一笑，突然又將話題轉了回來：「好啦好啦，這件事等天黑了再羞羞。我接著跟你聊共享單車的那段經歷。我那個朋友叫鄭美。名字很美，但是長相沒有名字那麼美。但是總的來說，還算中等偏上的清秀吧。」

「怪事，要從鄭美一個禮拜前發生的一件事說起。她是我高中時期的學姐，比我大幾歲，所以大學也早就畢業了。畢業之後，選擇在春城上班。工作嘛，就是普通的文書工作罷了。她的家境不算好，父母離異後跟著母親，身在單親家庭，她媽媽一個人帶她極為辛苦。所以落下了許多病。鄭美學姐很孝順，每次發薪水都會將一大半的收入匯給母親，從不亂花。此為背景，接著，就要講重點了。」

黎諾依喝著杯子裡的紅酒，小口小口的，她的視線從我的臉上滑過，落在了花園的綠色植物上。就算是有傭人定期整理，但是沒有人住的宅院，始終是缺乏人氣。小花園裡的植物整齊得有些冷漠，讓人看得不舒服。

哪怕如此，女孩也看得津津有味。不，或許她的眼神直視虛落在那兒，整個人的思緒，早已經飛到了不知名的地方。

我聽著關於她學姐的故事，不知為何突然有些緊張。能讓黎諾依認認真真在我跟前講的東西，都不會簡單。這個女孩，不會又惹上了什麼麻煩了吧？

果不其然，她之後的講述不只讓我大吃一驚，還讓我毛骨悚然……

鄭美是單親家庭，她在春城的文書工作，薪水並不高。由於還要匯出大半給母親看病，所以為了減輕負擔，她早早就在三環外租了一處平房。每天上下班，都要花三個小時在公車與地鐵上。

奔波忙碌的辛苦，並沒有嚇倒堅強的女孩。反而是最近一連串的恐怖經歷，讓她打起了退堂鼓，想離開春城。

那是一個暴雨如注的夜晚，九點過一些。驟雨傾盆而下，走出公車站的鄭美措不及防下被淋成了落湯雞。她的白色襯衫和黑色的半截裙緊貼在身上，大風刺骨地帶著雨，如同潑水般使勁兒地撲向她的腦袋。

周圍的每個人都在暴雨狂風中狼狽不堪，難以顧及其他。鄭美拚命抓住了欄杆，才沒被突如其來的狂風刮走。回頭一看，不遠處自己剛走出來的小小公車站裡已經被裡三層外三層的躲雨人群擠得水泄不通，早就容不下她了。

鄭美沒有辦法，一隻手抓住欄杆，一隻手用公事包擋住腦袋。可是在這彷彿天被捅出缺口的世界中，那一丁點的遮擋根本沒有任何用處。此時哪怕是雨傘和雨衣，在這天災似的氣象災難中，也是徒勞。

她親眼看到狂風暴雨把遠方好幾個人手上的傘奪下來、將別人身上的雨衣如氣球般吹向天空。

就在這驚人的暴雨中，鄭美不光是衣服褲子、內褲，就連堅強的內心都有些被雨水淋濕了。

慶幸的是風雨來得快去得也快，很快暴雨變成了小雨。鄭美慢慢地走了幾步，發現自己根本沒辦法隨意行動。今天公司開會，她特意穿了一套二手店淘來的套裝。只是這套套裝，不知道是什麼材質的，雖然好看得體，但是一吸水後就變得沉重無比。

鄭美無法走動，當她看到不遠處的一輛紅色小自行車後，突然眼前一亮。

共享單車 Dark Fantasy File

那是頂禮的共享單車，全身的紅色在這雨後的殘廢城市，變得十分顯眼。

雖然共享單車早已風靡各個城市，到處都能看到。但是作為省錢大王的鄭美，其實一次都沒有用過。她的支出都是掰指頭算得清清楚楚的，作為除了房租、飯錢外的第三大開支，她每個月通勤的費用接近一千塊。而一小時五塊的共享單車，對她而言是奢侈品。

鄭美住的地方其實離最近的公車站也有兩公里多，不近不遠，走路需要三十分鐘。她今天實在走不動了，一咬牙，決定奢侈一把。

雨越來越小了，剛剛還站在公車月臺下的人們全都走了出來。女孩身旁的共享單車被速度敏捷的大哥大姐、大爺大媽們一個個熟練地騎走。鄭美欲哭無淚，她拖著沉重的衣服，使勁兒挪動被沉重衣襬捆住的雙腳，緩慢地朝停著共享單車的停車樁走過去。

她實在太吃力，哪怕用盡了洪荒之力也走不快。很快，紅色的共享單車就被人騎光。就在鄭美絕望著想要找個沒人看到的小巷子，把身上衣裙的水擰乾好回去時，女孩突然驚喜地發現。她剛才第一眼看到的單車，竟然沒被人騎走。

太神奇了，那輛車明明在不遠不近的位置。可離人群更遠的單車都被人騎走了，唯獨那輛車停留在原地，彷彿所有人都沒察覺它的存在。

紅色的單車，被剛剛的暴雨洗刷得乾乾淨淨，無比鮮豔。外表殷紅的漆被路燈一照，彷彿流動的血液。

有人小跑著超過了鄭美，在停車樁附近掃了幾眼後失望的離開了。沒有人騎走那輛孤零零的單車。一如那輛車，只有她自己才能看得到。女孩突然打了個寒顫，那輛車，似乎在等她。

只在等她。

車是壞的？還是那輛車，有些特別？為什麼別的人都有意無意地將它忽略？自己，該不該騎這輛車？人是從眾的生物，越想，女孩越猶豫。哪怕她已經走到了共享單車跟前，也沒下定決心要不要騎。

風刮在濕透的她的身上，鄭美冷得不停發抖：「不行，在這樣下去肯定會生病，到時醫療費又是一筆預期外的大開銷。」

生病對省錢狂的她簡直是滅頂之災，她可以死，但絕對不能生病。

「快點騎車回去洗個熱水澡吧。」鄭美嘴唇都冷得發白了。仲夏夜的一場暴雨，沒想到不光將最近的酷熱一掃而空，還險些要將她凍死了。

鄭美不敢再浪費時間，她一咬牙，掏出手機掃共享單車上的條碼。

「切，還要安裝應用程式。冷死了，冷死了。」好不容易花了網路流量把 APP 安裝好，交了押金，她這才終於解鎖了。

就在她再次掃車的條碼時，解鎖的頁面離奇的並沒有出現，反而是彈出了一個類似於協定的介面。

冷得頭開始發痛的鄭美哪裡有時間仔細看，她順手點了同意後。共享單車的鎖發出「喀喀」兩聲，終於打開了。

「車沒爛嘛，還挺好騎的。」鄭美騎上車，不知為何，這車蹬起來非常輕鬆。就像是有電動輔助，甚至騎車時吹來的風，都變得沒那麼冷了。一種詭異的溫暖，圍繞在她四周，將她和外界冰涼的世界隔絕。

「同事都說頂禮單車難騎得很，明明很好騎嘛。」女孩樂呵起來，兩公里的路，幾分鐘就騎到了。這不由得讓鄭美考慮是不是撥出一點預算，讓自己每天下班都騎共享單車節省時間。

沒想多久，她就否決了。一天一塊錢，三十天就是三十塊，太貴了。

將共享單車停好，一回到租房前，就碰到了好友劉妍。她一看到鄭美就興奮的喊道：「美美，妳怎麼才回來。妳有沒有看到剛剛的那場雨，春城今晚搞不好會被淹沒在水災中。咦、咦咦，妳怎麼濕透了。快點，到我房間去泡個澡。不然肯定會重感冒。」

說著不由分說地拉著她朝自己的租屋跑。

劉妍租的雖然也是平房，但是生活條件要好得多。房東將一房一廳的屋子佈置得很溫馨，甚至還有一個大浴缸。

鄭美是個高傲的人，她雖然窮，但是卻窮得很有志氣。她租的地方條件很糟糕，但是從不會因此打擾自己的好友。甚至，她其實很害怕給人惹麻煩。

但今天，不一樣，她實在太冷了。推辭了一番後，鄭美躺在了劉妍家的浴缸中，舒服得呻吟。

她根本沒想到，恐怖的事情，就潛伏在她身旁滋長，並在她最鬆懈的時候，發出了致命的一擊！

第二章 浴室求生

這個世界充滿了危險，在你不注意的任何角落，危險隨時隨地都會發生。你認為治安很好的地方，其實僅僅只是依靠著脆弱的法律來維繫。每一個和你擦肩而過的人，隨時都可能露出獠牙，成為不定時炸彈。

因為你不清楚，你落單的哪一個地方，會成為突然醒悟、覺得放棄人生、丟掉生命也沒什麼的犯罪者的目標。

甚至，想要你命的，還不一定是，人。

被雨淋濕的鄭美，她實在是太冷了。哪怕是三伏天，她都覺得自己隨時會被冷死。

「我把換洗的衣服放在這兒，妳快洗澡吧。」劉妍一邊說一邊將鄭美推進浴室，「看妳冷得，全身發抖，嘴唇都黑了。」

和劉妍當了幾年好友，這還是鄭美第一次在她家泡澡。自己已經幾年沒有泡過澡了？每天都為了自己和家庭奔波忙碌，就像一個永不停歇的小陀螺。她突然發覺，不知何時起，自己早就已經累了。

劉妍租的房子，浴室並不大。所以為了節約空間，主人將蓮蓬頭和浴缸集合在一起。下邊是浴缸，上邊安裝了淋浴設備。浴缸的邊緣有很厚的壁架，用大面積的玻璃門做了乾溼分離。

鄭美猶豫了一下，開始脫掉身上濕答答的衣服，圍了條浴巾打開玻璃門。門打開時，發出「嘎吱」的刺耳輕響。彷彿有什麼東西受到了傷害似的，在沙啞地慘叫。

女孩打了個寒顫，連忙開始往浴缸中放熱水。

鄭美實在沒耐心等熱水放滿，所以乾脆脫光了濕透的衣物，隨手朝外一扔，赤裸著踩進了浴缸裡。溫暖的水慢慢地淹過了她的腳踝、腿部，肚子，白嫩的胸脯。女孩舒服地呻吟了一聲。整個身體被暖和的水包裹，對比剛剛刺骨的冷，那種舒服的感覺更加的強烈。

女孩享受著溫柔的水和獨處的時光，聽著水龍頭不時有水滴，滴落進浴缸中的空洞「滴答」聲響。不知為何，她居然蜷縮著身體，輕聲哭了起來。

她也不知自己為什麼會哭。委屈？痛苦？累了？或許五味雜陳，什麼情緒都在這一刻爆發了。

鄭美拚命壓低哭聲，不想讓好友聽到。可是在這狹小的屋子裡哪裡有不透風的地方。劉妍還是聽到了，似乎感覺有些尷尬，就大聲叫道：「美美，我出去買點東西，妳好好洗喔。」

說完就開門走了出去。

屋子裡再沒人的聲音。

鄭美實在忍不住了，這麼多年的辛苦、這麼多年的委屈宣洩在哭聲裡。就這麼哭著，睡了過去。

不知道睡了多久，女孩才在仍舊溫暖的水中醒來。她伸了個懶腰，雖然捨不得起來，但仍舊爬出了浴缸。鄭美覺得自己的精力恢復了很多、很多，自己孱弱的肩膀，又能扛下家中的重擔了。

女孩放掉了浴缸的水，開始擰乾自己的長髮。等水放盡，徹徹底底的把浴缸清潔了一番後，這才準備開門走出去。鄭美的手指卡在門縫裡並將它推開了兩三公分，但門，卻詭異地突然動不了了。

她又試了一遍。加了把勁兒之後，用力拉門和推門。門縫大約有五公分可供鄭美擠出去。

但門仍舊文風不動。

鄭美猶豫了片刻後，意識到出問題了。自己被困在了浴缸中，四周有三面是牆壁，一面是高達兩公尺多的玻璃。玻璃和屋頂的距離太狹小，根本沒有供她爬出的空間。她裸露著身體站在浴缸裡。衣服錢包僅僅隔著一層玻璃，就連能夠供她求救的手機，也在近在咫尺的洗手臺上。

可是那層薄薄的玻璃，將一切都隔開了。

鄭美試圖站在浴缸上，越過淋浴間玻璃上的空間探出手去抓手機。但是手太短，根本搆不到。

「小妍，小妍，妳回來了嗎？」鄭美用力大喊。

浴室裡不斷迴盪著回音，但除了回音，什麼也沒有。

劉妍沒有回來。

「算了，靠我一個人沒辦法自救。還是等劉妍回來吧，她買個東西也花不了多長的時間。」鄭美撇撇嘴，自我安慰。

她重新坐回浴缸中，抱著膝蓋，發呆。

就這樣又過了一個多小時，劉妍仍舊沒有回來的跡象。突然，手機發出了「叮咚」一聲響，那是收到了微信的聲音。

鄭美突然又有一種不好的預感。她拚命爬起來，將半邊臉貼著淋浴房玻璃朝手機螢幕望過去。

原本熄滅的螢幕因為新的訊息而重新點亮，螢幕上彈出一行微信文字，「美美，我在路上碰到了個朋友，我跟著她出去玩幾天，不用等我回來了。妳洗完澡幫我關好門，好唄。麼麼噠。」

「麼麼噠妳個大頭鬼，我怎麼出去啊！等大姐妳幾天後回來開門，就只剩下老娘的屍體了！」訊息在螢幕上顯示了幾秒後，手機再次熄滅了。鄭美欲哭無淚，「我怎麼這麼命苦，薪水少、老媽廢、遇到了男朋友也不知進取。就連好不容易久違的洗個澡，居然都變得有生命危險。我擦你個嘰嘰歪。」

整個房子，冰冷、無趣，充滿著毫無生機的寒意。特別是當鄭美意識到自己有生命危險時，就越發覺得這間浴室危機四伏、陰森恐怖。

劉妍要好幾天才能回來，自己赤裸著，沒有任何工具。淋浴間的玻璃門被卡住了，沒有工具僅憑著赤裸的雙手，根本就打不開。

鄭美猶豫了一下，「算了，大不了下個月和下下個月不吃晚飯了。當做賠償金賠給小妍的房東。我X你仙人。」

女孩霸氣的一吼，躺著用最大的力氣將雙腳踹向玻璃。玻璃搖晃了幾下，卻絲毫沒有碎掉的跡象。

「嗚，好痛。」鄭美痛得眼淚都快掉出來了。不行，計畫失敗。自己現在就連想賠償房東的玻璃都沒辦法做到。

房東太有良心了，居然幫淋浴間安裝了雙層鋼化玻璃。鄭美把浴缸上邊的蓮蓬頭扯下來砸了玻璃兩下。我擦，蓮蓬頭竟然是塑膠的。砸在玻璃上只發出了脆生生的響。

「劉妍，妳租的是什麼房子啊。房東究竟是幹嘛的？有人家裡淋浴間裝鋼化玻璃的？房東先生，你是準備在淋浴間裡抵抗核爆嗎？」鄭美抱著雙腳，扔掉手裡的蓮蓬頭，苦中作樂的吐槽。

她沒辦法了。只能躺回浴缸中，悶熱的天氣，令她非常不舒服。特別是充滿水汽的浴室。

鄭美感覺自己的身體在發熱。壓克力材質的浴缸在她皮膚的接觸下，也開始熱起來。不通風的密閉空間，在不斷地剝奪她的意志。

女孩的眼皮子落到了下眼瞼上，她感覺力氣在流失。突然，鄭美坐了起來，拚命將懶洋洋的身體湊到了淋浴房玻璃門的鉸鏈上。

鉸鏈並沒有生銹。不如說，門外的鉸鏈堵了幾顆螺絲釘。由於浴缸佔據了淋浴間下方七十公分的位置，那幾顆平時很容易就能弄開的螺絲釘，反而成為了致命的堵門殺手。將她整個人封在玻璃門裡邊。

螺絲釘是哪裡來的？為什麼會堵在鉸鏈上？

鄭美本來發熱的身體，遍體生寒。

不！自己被堵在裡邊，根本就是人為的，絕對不是意外。有人想要致她於死地，想要殺死她。所以趁她剛剛在浴缸裡泡澡睡著的時候，用螺絲釘堵住了玻璃門。

可是誰會這麼做？惡作劇？劉妍幹的？

不可能是劉妍。自己跟她是朋友，沒有任何利益糾葛。她不相信劉妍會害她。但是誰想害她？誰會知道她在劉妍的租屋裡泡澡？並趁著劉妍出門，她睡著的時候害她？

哪有那麼巧合的時機。畢竟一切都是巧合的。巧合的晚歸、巧合的暴雨、自己巧合地被劉妍看到，被叫來這兒洗澡。

難道，是劉妍的前男友？她那個男友自己曾多嘴過一次，說他心術不正。難不成那個劉妍分手很久的男友，對她起了殺心，偶然看到她進來洗澡就用以前沒有還給劉妍的鑰匙打開了租屋……

鄭美不斷地推理著，可是她的推理在她看到地上的一條痕跡後，戛然而止。玻璃門外的浴室地面上有一條歪歪扭扭的碾壓痕跡。很骯髒，沾滿了土，但是卻清晰可見，而且非常有辨識性。

那是一條，自行車輪胎的車痕。

有人騎著自行車一直騎進了她泡澡的浴室，然後堵住了玻璃門謀殺她。

鄭美腦袋傻了，事件的離奇程度，遠遠超出了她的想像力。

這不是個意外，這是人為的謀殺案。被謀殺的正是她。可是鄭美還沒有死，現在揣測兇手的身分也沒有任何意義。

劉妍還要好幾天才會回家。鄭美，需要在這不足兩平方公尺的空間中，思考出一套求生計畫。

她要在劉妍回家前的幾天中存活下來。等她回來！

沒錯，只有這樣，鄭美才活得了。雖然她覺得自己活得太累，也不止一次兩次想過乾脆死了一了百了。但是真的有生命危險的時候，才發現自己的命，寶貴得不像話。

求生的欲望征服了身體的每一個細胞。

她要活下去。

一定要活下去。

可是怎麼活，靠著赤裸、身無片縷的身體，怎麼在這不足兩平方公尺的地方活著，待夠不知道多少天呢？

鄭美的視線，不停地在自己的手能夠觸及的地方掃視，大腦轉個不停。

對，首先，需要水！

喝的水。

人沒有其他事物可以活三個禮拜，但是沒有水卻活不過七天。幸好這裡是浴室，水的問題並不是最重要的問題。

鄭美從架子上拿了一個空的洗髮精瓶子，將它沖乾淨，接著裝滿冷水。

「這經常停水，一停就不知道會停多久。留一瓶有備無患。」女孩苦笑了一下。人生有時真的挺可笑，她被困在一個其原本任務就是給自己澆水的地方，而現在她卻需要在容器裡裝水以確保自己不會缺水而死。

「水的問題解決了，之後是遮蓋物。」鄭美平時會和男友躺在一起看野外生存節目，看得多了，自然潛移默化的知道了人類生存的三要素。食物、水、隱蔽所。

食物是不可能取得了。浴室裡水很多。但是這裡雖然是屋子裡，不會颳風下雨，不需要隱蔽所。可情況糟糕的程度比想像的嚴重，三伏天的白天氣溫都很高，但是隨著夜晚到來，便會很冷。

鄭美不需要隱蔽所，但她需要遮蓋物。

女孩又是一陣苦笑。沒想到男友一直以來都想要來一趟的野外求生遊戲，反而被自己在劉妍的浴室裡實現了。

可野外環境，變成了室內。遊戲，也變成了跟生命賽跑。

遮蓋物就在一玻璃之隔的地方，浴袍在洗澡前被她隨手扔在地上。從玻璃頂端探出的手，怎麼可能摸得到地面的浴袍呢。

不死心的鄭美努力嘗試了片刻後，放棄了。

沒有遮蓋物，她只能靠著熱水取暖。人類的身體雖然需要水，但是又不能泡在水裡太久，更容易脫水，甚至會導致內臟衰竭。

女孩發現自己將一切能做的都做了後，剩下的只有等待，她蜷縮著身體，躲在浴缸的一個角落。

無聊和惶恐變成一股擾亂人心的情緒，不停地縈繞在她的大腦皮層。她的思緒亂糟糟的，隨著等待的時間越長，又沒有能對照時間的參考物，鄭美實在沒辦法判斷，現在自己等了多久。

一分鐘，十分鐘，半個小時，還是天亮了？

浴室內有一個排氣扇，但並不在浴缸裡。排氣扇的角度比較特殊，無論如何位於浴缸中的她，都沒辦法透過排氣扇看到外界。

至少排氣扇能夠透光，外邊沒有光線，證明現在還是晚上。等白天時使勁吼破嗓子求救吧。

鄭美在這悶熱難受的浴室裡，覺得腦袋有些缺氧。她又累又餓，隨便喝了幾口涼水，最終在擔驚受怕中昏沉沉的捲成一團睡著了。

不知過了多久，她做了一個混亂的夢，驚叫著清醒過來。女孩坐起身體，她模糊的視線聚焦在浴缸空間中。

「原來不是夢，我真的被困在浴缸裡了。」鄭美揉了揉腦袋，她覺得有些冷，便擰開熱水準備沖個熱水澡。

蒸騰的霧氣瀰漫在浴室中，在隔絕了她生路的玻璃上爬滿迷蒙。

突然，鄭美整個人變得僵硬，她渾身都在發抖，發抖得厲害。毛骨悚然的感覺，在她赤裸的身體裡亂竄。

因為她看到了可怕的一幕。

被霧氣瀰漫的磨砂玻璃的另一面，變骯髒了。

鄭美瘋了一般地用手將內層玻璃上的霧水擦乾淨。她完全看清楚了玻璃另一面的模樣。原本她睡著前還乾乾淨淨的玻璃，果然變髒了。那些骯髒的痕跡非常特殊，一道一道的痕跡，猶如某種輪子在玻璃上滾過。

不！那根本就是輪子。是自行車的輪子。輪胎上的痕跡因為骯髒的泥巴清晰可見。有人趁著她睡著後，進了浴室，還在玻璃上騎自行車？

怎麼可能，一輛自行車怎麼可能脫離了地心引力，在浴室的隔間玻璃上被人騎？

鄭美腦袋更加的混亂，她無論如何也想不出來，究竟是誰在折磨她。玻璃上的輪胎痕跡，有兩條。一前一後。整個痕跡都不像是人類用手抓著輪胎滾出來的。

那，更像是真的有單車在筆直光滑的玻璃上騎了一圈似的。詭異得很！

「是誰，你想幹什麼？你是不是就在門外邊？」鄭美終於忍不住了，她大喊大叫，一聲比一聲尖銳刺耳。

但是門外，沒有任何人回應她。

浴室的門仍舊好好地關著，玻璃門的鉸鏈，仍舊被幾個螺絲卡著。

死寂，無處不在的蒸騰在這個不大的空間。伴隨著她喊累了的回聲。

有一股絕望的情緒，塞在鄭美的心口。鄭美明白了，有什麼東西，正在靜悄悄地窺視著浴缸中的她。窺視著她赤裸的身體。那個變態喜歡將自行車當做工具，將她囚禁起來，觀察她。目的不明。

一旦她睡著，那個變態就會潛入浴室中，不知道幹什麼齷齪的事情。

在這寂靜的屋子，鄭美，或許並不是孤獨一人。

人是群居生物，但是人類也是會享受孤單的生物。特別是當自認為的空間被陌生人入侵時，沒有人不會害怕。

鄭美就害怕了。比瀕臨死亡更加害怕。

因為她不清楚，那個潛伏在屋子中的變態，想要將自己怎樣。

不能睡著，她從現在開始，絕對不能睡著！

鄭美用手撐住眼皮，大眼睛死死地瞅著浴室的門。門好好地關著。門外靜悄悄的。可就是那層薄薄的門，流露著恐怖的邪氣。

門後，潛伏著某種東西。

鄭美越是盯著門看，越能清晰的感覺到，在她看著門的時候，門後那東西，也在一眨不眨地窺視自己。

他們只隔了扇門，保持著相對的死寂。

鄭美拚命地將自己的身體縮入浴缸中，她不想讓門後的變態看清楚自己赤裸、身無片縷的軀體。

時間一點一滴的流淌。女孩越想保持清醒，頭腦就越是迷糊。她忍不住了，就要睡過去的時候，瘋了似的咬了一口自己的胳膊。

白皙的胳膊上頓時出現了兩排整齊的牙印，壓印深處甚至隱隱浮現血痕。可見她咬得有多狠。

鄭美第一次這麼害怕、這麼想活下去。她甚至覺得，只要這次能活下去，一切都不重要了。出去就和男友結婚、出去就更加努力的工作，醫治自己的母親，不再自怨自艾。

但是人生，沒有那麼多可是。

即便意志力再強大，也抵不過生理上的需求。

她撐住眼皮的手鬆了鬆，上眼皮立刻就見縫插針的耷拉下去。鄭美眼簾關緊的一瞬間，她的眼睛縫隙瞅到了浴室的門。

門，在以和她的眼皮關閉速度同步的幅度，開啟著。

門，發出吱吱呀呀的難聽慘叫。那種生物被傷害的悚人聲音，刺激得鄭美的大腦皮層又一次清醒了些。

她再次迴光返照的睜大眼，門立刻發出摩擦聲，迅速關閉。

鄭美終於看清了門外的東西。

那是一輛紅色的單車。

一輛沒有人騎的，紅色的共享單車。

那輛自己在行動的車，正用它的前輪關門。

「見鬼了！」鄭美受到驚嚇，再加上太睏，造成了腦袋負荷更加沉重。在意識關閉前，她看到那個正關門的共享單車，又將門打開了。

門，越敞越開。

紅色的共享單車，在靠近她……

「真是見鬼了！」

鄭美留下這句話，眼前一黑。徹底暈了過去！

第三章 邪惡的單車

黎諾依嘴裡的，學姐鄭美的離奇故事，講述到這兒，就沒了。

她為自己又倒了一杯紅酒，喝了兩口，皺了皺眉，「我果然還是不喜歡紅酒的味道。」

「那妳為什麼每次都要喝？」我撇撇嘴。

「因為，這是你喜歡的。」黎諾依白皙絕美的臉湊到我臉旁，瀑布般的秀髮垂下，將我的臉遮掩住。

我們就在她頭髮形成的通道裡，對望了兩眼。

她突如其來的在我臉上輕輕一啄，接著拚命地後退了好幾步。

我背上的李夢月發出的寒冷氣息更甚了，幾乎想要在精神層面上將黎諾依凍結起來。

「夢月妹子果然還殘留有意識。」黎諾依對刺探李夢月的精神狀態樂此不疲，她饒有興味地撐著下巴，「還是說，她現在只是殘存本能的生物？」

「好啦，不要再刺激她了。」我沒好氣地瞪了她一眼：「她的情況比妳想像的還要糟糕。」

「嗚，有點吃醋了。」黎諾依聳了聳肩。這個原本漂亮安靜的妹子，最近和老女人林芷妍走太近，性格越來越像她了。

「妳鄭美學姐的故事，快繼續啊。她暈過去後，死了？」我岔開了話題。

黎諾依白了我一眼，「怎麼可能那麼簡單就死。昏過去後，等她張開眼睛時，她的好友劉妍便回來了。她足足昏了兩天一夜。等劉妍叫了救護車，到醫院吊了點滴後，她才逐漸清醒。」

「學姐將事情的前因後果告訴劉妍，但是自己的好友卻不太相信。說她泡澡泡暈了，產生了幻覺。又或者只是做了個噩夢。畢竟在劉妍的租屋處，沒有任何異常。大門也好好地關著。學姐出院後也自己去找了找，當然什麼端倪也沒找到。她也覺得或許真的只是做了噩夢而已；但是……」

黎諾依頓了頓，美麗的瓜子臉上浮現出一絲困惑：「但是，之後在學姐身上，又發生了怪事。阿夜，你要不要跟我這位學姐碰頭，問問情況？」

我搖頭，「算了，最近事情太多。我沒力氣處理別人的麻煩。」

「這不一定，只是別人的麻煩。」黎諾依神色有些奇怪。

我一怔。眼前的女孩，我十分清楚她的性格。她從不會勉強我，也不會在我拒絕某件事情的時候，再次提起。畢竟，她是最善解人意的黎諾依。如果要我在這個世界上選最信任的兩個人的話，黎諾依和守護女，並列第一。

有時候我甚至可以懷疑自己，我也不會懷疑這兩人對我的信任。既然她一再提及，那這個鄭美，或許真的有一見的必要。但現在的自己也確實已經焦頭爛額，自顧不暇了。

夜家因為守護女昏迷，隨時都會陷入死地。雖然我不清楚危機到底來自哪裡，但是從夜家族長，我爺爺的語氣中能夠感受到形勢的急迫。

山雨欲來風滿樓，爺爺讓所有夜家子弟回夜族等死。唯獨讓我獨自帶著守護女逃出去，他要我們逃得越遠越好，可是我哪裡不知道。他其實想要我尋到拯救夜族的最後一絲生機！

「妳認為我現在有見鄭美的必要？」我抬起頭，沉聲道：「原因呢？」

黎諾依掏出手機，「你看這張照片。」

我的視線落在手機螢幕上，整個人頓時呆了。自己的瞳孔猛地一縮，抓過手機仔細地看了又看。

「這張照片是什麼時候照的？」我的語氣也急促了起來。

「別急。」黎諾依用纖長的手指輕輕拍著我：「急了對身體不好。具體情況我也不清楚，自己也是偶然看到學姐手機裡的這張照片後，才發現事情的嚴重性。」

我站了起來：「走吧。帶我去見見她。」

黎諾依溫柔的「嗯」了一聲後，跟我一同出門。

開的是老爸留下來的汽車，不知道是不是很久沒有保養，車裡的味道不光是臭，還散發著腐爛的人骨氣味。

車的聲音也不怎麼對勁兒。開沒多遠，就在馬路正中央拋錨了。幸好不是春城的上下班尖峰期。但也明顯阻礙了交通。後方的車喇叭按個不停，催命鬼似的。都說春城人辣椒吃多了，就連脾氣也很辣。聽著連綿不斷的喇叭聲，或許果然如此吧。

我沒辦法，只能叫道路救援公司來拖車。

「要等兩個多小時。」打完電話的黎諾依撇撇嘴，瞅了一眼車。身後的車流怒氣沖沖地正一邊按喇叭，一邊繞著我們離開。

春城這幾年的變化很大，建築越來越高，城市也越來越漂亮。唯獨交通狀況越來越糟糕。

女孩盯著我，笑得有些古怪。

「妳在笑什麼？」我皺了皺眉。

「笑你現在的樣子。」黎諾依笑得更開心了，掏出一面化妝鏡照著我。我一看，頓時苦笑起來。

由於守護女神奇地在自己背上就變得輕如無物，自己經常忘了現在背上隨時還揹著她。所以開車的時候，也只是將駕駛座的座椅往後調了一些，就兩個人塞在一起開車。

這嚴重違反交通規則的行為，如果被員警黎叔逮到，不被扣駕照才怪。

「還是我來開吧，你能背著夢月妹子翻到後座去嗎？」黎諾依瞅著不遠處有交警在指揮交通，問道。

「我試試。」幸好這輛越野車空間足夠，我將駕駛座放倒下，吃力地揹著守護女逃到了後座。黎諾依接替了我的位置。

就在這時，還抓在她手裡的手機急促地響了起來。

「是鄭美學姐的來電。」黎諾依的臉色不知為何變了幾變。接通後，只傳來了幾陣尖叫，以及撕心裂肺的喊聲。

「諾依，快來救救我。有東西想要我的命！我逃不掉了！我實在是逃不掉了！無論我躲到哪兒，都沒辦法逃掉！」

話語在短促的喊叫聲中，被掐斷了。

黎諾依的電話裡最後只傳來刺耳的掛斷聲，昭示著電話那頭正發生可怕的事件。

「阿夜，鄭美學姐有危險。」女孩慌張地轉頭看我：「我們怎麼辦？去找她嗎？」

我在她的臉上看了好幾眼，最終什麼也沒有說，只是點點頭：「棄車吧。」

自己讓黎諾依在車上控制方向盤，我揹著守護女下車推車。還好拋錨的地方是坡度很緩的下坡。花了些力氣把車用力推到了路旁的停車位中，我索性也不再管這輛破車了。

掏出手機叫計程車。今天不知為何，諸事不順。竟然所有計程車叫車專線都忙線中。

「要不，騎共享單車吧。」自己轉頭，看向躲在樹蔭裡的黎諾依。女孩渾身一震，臉上竟然露出了一絲恐懼。

「妳怎麼了？」我奇怪地問。

「沒什麼。」黎諾依很焦急，顯然想要儘快趕到鄭美學姐那裡的心思占了上風：「實在沒辦法了，騎車就騎車吧。」

說完，眼神落在不遠處的停車道中。人行道邊緣，正好有兩輛紅色的頂禮共享單車。它們安安靜靜地停留在建築物的陰影裡，陰暗的紅色，刺眼得很。

就如同晦暗的大地上，兩攤被風乾的無味之血。

我走上前，拿出手機用頂禮APP解鎖了其中一輛共享單車，黎諾依臉色發白得厲害，猶猶豫豫地走過去。她剛摸了車把手一下，整個人就猛地向後退了好幾步。蒼白的面頰，毫無血色。

「妳到底怎麼了？」我眉頭皺得更深了。黎諾依奇怪的表情以及吞吞吐吐的模樣，無不在告訴我，女孩正隱瞞著我某件事。

但我們一直以來都有著兩人獨有的默契。對方不說的事情，不會逼著對方說出來。

我們確信自己不會傷害對方，這是我們的基本信任。畢竟每個人，都有自己的秘密。只要這個秘密，不會危害到我們其中之一。

「沒什麼，沒什麼。」女孩用力搖了搖頭，一閉眼坐上了單車的座椅。之後才掏出手機解鎖。隨著「啪嗒」一聲輕響，車鎖雲端解鎖成功。

車可以騎了。

我又在手機上點出導航：「鄭美的家在哪兒？」

「蘭道街，蘭道大廈，三十三樓03號。」黎諾依偷偷瞅了我一眼，吐出一串地址。

這次輪到我愣了愣，心中疑竇叢生，「這不是妳前些日子在春城買的公寓嗎？奇怪了，妳為什麼要把非親非故的鄭美安置在妳家中？」

黎諾依雖然看起來平易近人、素雅清秀，似乎誰都能親近。但其實這個姑娘因為從小到大的經歷，微微有些潔癖，談不上病的程度，可也不會隨便招待朋友回家。更別說是連朋友都談不上的鄭美了。

她居然讓鄭美住在自己的家中。確實非常古怪。

「你看過鄭美學姐後，就明白我的心思了。」黎諾依顯然並不是不想瞞著不告訴我，而是有些不知道該怎麼解釋：「有些事情，如果不是親眼看的話，說什麼都沒辦法描述。」

竟然連黎諾依都覺得詞窮無法形容，鄭美的身上，到底發生了什麼？我難以想像，但同時又十分好奇。

跟著導航的提示，我不由得加快了踩踏單車的速度。

自己揹著人騎車的背影，又引起了車道上一堆人的關注。自己揹著守護女有一段時間了，類似的關注已經差不多習慣了。

但是不知為何，從前一直都輕如無物的守護女，從剛剛開始，就變得沉重起來。彷彿這個陷入沉睡的女孩，正拚命地想要提醒我什麼。

「再快一些。」我心裡同樣也冒起一股不祥的預感。吩咐了黎諾依一句後，再次加快了速度。

背後的守護女，越發的沉重了。

車蹬在我的腳下踩得飛快，呼嘯在車道中央。車影不斷地刺破地面的樹蔭，悶熱的天氣讓我熱得難受。

哪怕是隱藏在陰影中，沒有被太陽直射，也帶不來一絲陰涼。

就在這時，我突然像是意識到了什麼般，猛地打了個寒顫。一絲陰冷的氣息從脊背上冒起，自己甚至冒出了大片的雞皮疙瘩。

好像少了什麼東西。

沒有風！

為什麼自己騎車的速度如此快，卻沒有一絲風吹拂到臉上？自己的身體、皮膚、一切感覺器官，都無法感覺到風的存在。

風，去哪兒了？

一股毛骨悚然的感覺，在我腦子裡亂竄。我口乾舌燥，望向黎諾依：「諾依，妳有沒有覺得，今天的風有些小？」

女孩瞬間流露出恐慌來：「不是風小，是根本就沒有風！」

「原來妳也感覺到了？」我詫異道：「到底是怎麼回事？」

「我也不清楚。或許跟鄭美學姐最近發生的事情有關。」黎諾依輕聲道。

「這種事也跟她有關。」我皺起眉頭：「難道，妳還有什麼瞞著我？」

「確實有一些。」女孩回答得很直接：「但我現在還不能說。」

她不能說？難道有什麼危險，害怕牽涉到我？

風確實並不是沒有，四周的樹葉被吹動，可是一旦來到我們周圍，那些呼呼亂刮著的風，就失蹤得無影無蹤。

這到底是怎麼回事？這是什麼糟糕事情快要到來的預兆嗎？

「找個地方把共享單車停下，我們走路。」我斬釘截鐵地說。既然已經有預兆了，自己肯定不會傻乎乎地等待壞事降臨。

但天不隨人願的狀況，從來都不會少。

當我們真的準備將車拐出自行車道，想要把車停住時，車突然就不聽話了。

兩輛明明只能用腳蹬車帶動鏈條驅動的人肉自行車，竟然突然能自動前進。我們根本沒有踩車，單車卻自己動起來。無論我們怎麼扳動龍頭也無能為力。車頭紋絲兒不動。

「跳車！」我大喊一聲，順勢想要和黎諾依一起從前進的自行車上跳下去。

說時遲那時快，自行車毫無預兆的加速了。

車以飛快的速度掠過自行車道，並在岔路，如同子彈般拐入了汽車車道。

情況瞬間變得糟糕無比。

就連跳車，也變成了不可能！

如此快的車速，依舊沒有一絲風吹拂過來。自行車外的世界，彷彿被一層膜阻隔，我和黎諾依分別在自己看不到的氣泡中，默默地腐爛。

「阿夜，車，車自己在動。」黎諾依笑得很苦澀：「難道車上裝了電動馬達？」

我緩緩地搖了搖頭。

頂禮共享單車雖然不輕，但也就比一般市面上賣的單車稍微重一些罷了。前後輪廓上沒有電動馬達的影子，更何況，要達到如此快的速度，馬達至少也要一千瓦以上。

機車道上，自己在行駛的單車不斷地發出「唰唰唰」的聲音，將前方的車一輛一輛超越。每超過一輛車，我都能看到車上駕駛那一臉見鬼的驚悚表情。

「我擦。你他媽兩個怎麼在騎車。」其中一個司機甚至打開窗戶將腦袋探出來大罵：「不要命了？」

「現在時速多少？」我伸手撓了撓鼻子，回頭問了一句。

司機明顯沒想到我居然是這種反應，下意識地看了看方向盤：「七十公里。我擦，你他媽居然把共享單車騎到了七十公里。哥們你太威猛了。咦，咦咦。不對啊，哥們你背上還揹了一個人。威猛乘二啊。」

能在車道上跟一輛自行車並排行駛，還邊罵邊誇獎，至今都沒察覺到事情有些詭異的這傢伙，腦袋明顯少一根筋。

我看著身旁不斷飛馳的風景，試著提醒他：「兄弟，你覺得共享單車有可能騎到時速七十公里嗎？而且我還揹著一個美女，雙手都還離開車把手了。瞧瞧。」

說著我伸出兩隻手在空中晃蕩了幾下。

「不可能吧，專業運動員騎越野車下坡時也做不到啊。」司機傻了。

我大吼道：「那你還不替我報警。救命啊！」

司機終於意識到不對勁兒了，視線使勁在我跟黎諾依兩個人兩輛單車上巡邏了好幾圈。嚇得大叫道：「真他媽的見鬼了。你們的自行車在自己走。報警，我馬上報警。」

自行車彷彿能看到前方的路，哪怕再危險的狀況，單車都自己險之又險的躲開了。在車道上行駛了一段路後，車自動拐進了一條小道中。

「這些車似乎並不想要我們的命，否則早就找一輛汽車撞上去了。」我摸著下巴分析：「它們似乎想將我們帶到某個目的地去。」

「有可能！」黎諾依突然想到了什麼：「阿夜，你快看手機上的導航地圖。」

我看了一眼手機螢幕，導航的終點，正和單車的行駛路徑重合，而且靈活的單車正將我們以更快的速度運送到黎諾依在春城的房子樓下。

太詭異了。這兩輛可怕的彷彿活著的自行車，究竟想要幹嘛？

最重要的是，這究竟什麼情況？單車，為什麼會自己動起來？

一連串的疑問，令我百思不得其解。哪怕自己十分恐懼，但仍舊努力的保持著鎮定。黎諾依神色蒼白，坐在自行車的坐凳上，任憑車帶著她無根浮萍似的亂竄。那模樣十分刺眼。

最終，兩輛車真的在我設定的終點停了下來。

就在車停止的一瞬間，風，四面八方吹來的微弱清風，又回到了我們的身上。皮膚傳來風的觸感，第一次令我有種劫後餘生的幸福。

「跳下來。快！」我招呼黎諾依趕忙從共享單車上跳下，退到安全的距離，一眨不眨地用眼睛觀察。

紅色的共享單車就安靜地停在人行道上，哪怕沒有用腳撐，也仍舊以兩根輪子平衡著。

突兀的模樣，令人非常不安。

還沒等我多看幾眼，剛剛還平穩停泊的兩輛單車像是瞬間失去了靈魂，「啪啦」一聲側倒在地上。

重重砸地發出的刺耳欲聾刮擦聲，嚇了我跟黎諾依一大跳。

我們下意識地又向後退了好幾步，發現完全沒危險後，這才走上前。原本無比詭異的紅色頂禮共享單車，恢復了平凡的模樣。

安安靜靜、悄無聲息的，默然倒在地面。完全看不出和其他共享單車有任何不同。

我和黎諾依面面相覷，相顧無言了好幾秒。

「搞不懂啊！」我用力揉了揉頭髮，幾乎把頭髮揉成了雞窩。這是怎麼回事？明明只是普通的單車罷了，這麼可能自己跑、還跑超過時速七十。更令人疑惑的是，速度那麼快，我們居然都沒被風吹到哪怕一個衣角。難道這兩輛自行車其實是高科技，自帶能量護罩？

越想越想不通。

「阿夜，別在這裡糾結了。鄭美學姐可能有危險。」黎諾依同樣百思不得其解，但這個女孩的想法很明確。她拉了拉我的手，另一隻手指了指樓上。

我不死心地用手機迅速拍下兩輛共享單車的條碼和數位識別號，這才跟她走進公寓。

坐電梯到三十三樓，並不需要多久。

出了電梯門，黎諾依按開房門的指紋鎖。門「吱嘎」一聲，開啟了。門內的空間，黑壓壓的，密不透風。沒有一絲一毫的光線。

由於不清楚狀況，黎諾依緊張地嚥下一口唾液，抬頭望了我一眼。

我也有些許緊張。順手從口袋裡找出一把瑞士軍刀，抓在手中壯膽。

「鄭美學姐。」黎諾依朝著屋裡喊了一聲。

並沒有人回應她。

我仔細觀察了門和鎖：「沒有暴力撬開的痕跡。如果鄭美沒有自己出門的話，她應該還在屋裡才對。」

黎諾依乖順地點頭，打開燈。

客廳的燈光柔軟地將整個房間照亮。光線之下，屋裡的客廳和陽臺一覽無餘。房間內亂七八糟的，如同被搶劫過。許多家具都被撞倒了。

「你看。」黎諾依指著地面，臉色煞白。

我赫然看到，髒亂的房間中到處都有自行車輪的痕跡。

順著痕跡，我們將這個一房一廳、僅僅只有五十多平方公尺的房間仔仔細細地找了一圈。

鄭美果然已經不在房子裡了。

「鄭美學姐究竟去哪兒了？」黎諾依驚訝道：「我這間公寓的門可是智慧指紋鎖，

門鎖打開、關閉都會通知我。」

女孩翻了翻自己的指紋鎖記錄。

「你看，只有我今天早晨離開的記錄。我早上八點過後幫鄭美學姐帶了些早餐來。既然門鎖沒有破壞，而這間小公寓又只有一道門可以出入。那學姐究竟是怎麼不通過門離開的？難道她，跳樓了？」

我搖頭，「從三十三樓跳下去？恐怕樓下早就拉起封鎖線了。」

自己皺起眉，不斷地在這個房間裡走來走去。不知為何，我總覺得事情不簡單，而且房子中的許多東西，都呈現著一種不正常的怪異。怪了，難道是有什麼地方，被我忽略了？

走著走著，突然間，我猛地停下腳步。視線也停留在臥室的地面，一絲詫異，出現在我臉上。

第四章 單車墳場（上）

人的一生，對比宇宙，其實是很短暫的。比轉瞬即逝的煙火還要短暫。但只要存在過，就一定會留下痕跡。

人生是如此，生活是如此，命運同樣是如此。

鄭美在黎諾依的房子裡待過，就一定會留下痕跡。沒有正常人會從三十幾樓跳下去，也沒有人能從，從未開過的門裡走出去。

出門就一定要開門。

如果她不是從門離開的，那麼，到底又是從哪個地方離開的呢？她離開的痕跡，又在哪兒？

這些自行車的輪胎痕跡，怎麼會出現在黎諾依的公寓中？和鄭美的失蹤，有沒有關聯？

一連串的疑問，在我的視線落到臥室地面時，突然爆發了出來。

木地板上，有一些古怪的痕跡。

「阿夜，你在看什麼？」黎諾依見我眼睛一眨不眨地盯著地面，也望了過去。一看之下，頓時大驚失色。

「這、這是什麼東西？」女孩打了個寒顫。

只見陽光從窗外照射進來，照亮木地板。光潔的地板反而變成了鏡子一般，倒映著窗外的風景。

我們的視線順著地板一直往上爬，爬到了窗戶玻璃上。

臥室的落地窗玻璃上方的窗戶大開著，玻璃外側上爬滿了輪胎的骯髒印記。

因為驚訝，我吃力地嚥下一口唾液，這才用發抖的聲音道：「諾依，妳覺得這些痕跡像什麼？」

「像一輛自行車。你看這些痕跡，從這個位置騎上來，順著敞開的窗戶鑽進房間。」黎諾依指著左邊窗戶下方的痕跡：「它闖入了屋子裡後，想要逮住鄭美。鄭美學姐拚命反抗，所以一人一車才將公寓弄得亂七八糟。最終鄭美學姐還是被自行車上的人抓住了。」

她又指了指窗戶右邊的痕跡，「自行車逮住鄭美學姐後，沒有從正門離開。而是原路從窗戶逃走了。」

「說實話，這些痕跡只能讓我做出這樣的判斷。」事情顯然超出了我們的想像能力，黎諾依的聲音裡全是苦澀。

公寓臥室落地窗上的窗戶挺大，確實容得下正常大小的自行車出入。但是卻很高，一個一百七十公分的人都需要踮著腳尖才能將窗戶打開。

我找了張凳子墊腳，將頭湊到窗戶上努力往下望去。只見兩條自行車痕跡一上一下的從三十二樓一直延伸到一樓。

什麼自行車能在陡峭的九十度高樓上直上直下？哪怕是有動力的專業汽車也做不到，更不用說沒有動力的自行車了！三十二樓，超過一百多公尺的高度。我實在難以想像，什麼人能夠騎著自行車，垂直騎行一百多公尺，抓走鄭美，之後又騎車下去。

這完全視地心引力為無物，更嚴重違反了物理法則。

至少我現在，完全不知道該用什麼詞彙去解釋。

黎諾依也站上了凳子，她跟我擠在一起看了下方幾眼，然後一臉怕高模樣移開了視線。不過這也肯定了她自己的猜測：「看來我的推理大半是正確的。但是人騎著自行車，垂直騎上三十二樓……」

說到這兒，她自己又苦笑起來：「報警也沒人相信啊。」

「這個城市的共享單車，是不是出了什麼問題。」我冥思苦想：「不久前，才有兩輛單車載著我們自己走，像是有意識一般。現在又有單車搶走鄭美。難道兩者之間，本來就存在關聯！不然十多分鐘前載我們來的單車，為什麼要將我們送到鄭美所住的公寓樓底下？」

「而且。」我走下凳子，退到臥室門前，越是看落地玻璃上的痕跡，越是皺起了眉：「諾依，妳用手機將整面窗戶照下來，快！」

黎諾依雖然不清楚我發現了什麼，但仍舊迅速執行了。

我將她手機照片放大，頓時又是一驚：「果然如此！」

女孩也看出了端倪：「這些自行車的輪胎痕跡，並不是亂七八糟的，而是有規律。嗯！難道是一幅地圖。」

隨即她又搖頭：「不對，不是地圖。」

「有電腦嗎？」軌跡並不像地圖，但看起來和地圖有某種關聯。我打開公寓裡的桌上型電腦，用搜尋引擎查找了一番。仍舊沒有搜查到任何結果。

「奇怪了。這明明是帶走鄭美的傢伙故意留下來的線索，但為什麼一點都查不到？」想到這兒，我又是一愣，臉猛地沉了下來。

我看了黎諾依一眼，沉聲問：「諾依，那個鄭美，是妳找她，還是她先找妳？」

黎諾依一愣：「你怎麼突然問這個？」

她見我神色嚴肅，也不敢再隱瞞，一五一十的說道：「是鄭美學姐自己找上我的。」

「難怪。」我用手撐住下巴。

黎諾依反應了過來：「阿夜，你認為這整件事可能全是陰謀？」

「對啊。妳自己想想。鄭美先找上了妳，告訴了妳一個發生在自己身上的古怪事件。然後她就失蹤了。失蹤前，我們遇到了兩輛怪自行車。最奇怪的是她失蹤之後，綁架她的人，居然還留下了線索。」

說到這兒，我開始畫重點，「綁架者留下的線索，並不容易破解。至少我還看不出端倪。這就表明，線索要嘛是給特定的人看的，那個人一看就明白。要嘛，就是給智商至少在平均值以上的聰明人看的。」

「這裡是我的公寓，不會有別人。所以第一個猜測，所謂特定的人這個假設，可以刪掉。」黎諾依點頭。

我贊同，「那麼就只剩下另一個可能。認識我們的人，都知道我們不笨。所以留下線索的人，極有可能是認識我們的。既然認識我們，卻留下類似『破解線索，拿贖金去救人』的姿態。那必然是敵非友。」

「所以，鄭美學姐，其實和他們串通好了，來騙我？」黎諾依用力否定：「不對，我認識的鄭美學姐，不可能是這種人。」

「很難看到妳對一個人有這麼高的評價。」我淡淡道。黎諾依冰雪聰明，看人也非常準。既然她認為鄭美沒有問題，那麼那個人有問題的可能性就不大：「跟我詳細說說，鄭美是怎麼聯絡上妳的。畢竟你們只是高中校友。」

黎諾依也希望清洗鄭美身上的嫌疑，便仔仔細細地講起來：「應該是三天前的事！」

一個禮拜前，黎諾依到了春城。本來想找我，但我因為上個事件的緣故，被關在密封的詭異空間內。她找不到，就住進去年在春城購置的公寓內，每天都打打我的電話，去我在春城的住所溜達一圈。

三天前，就在她第四次在我家門口，仍舊沒有找到我，有些沮喪的時候，突然從她眼前閃過了一個熟悉的背影。

背影有些消瘦憔悴，那個背影的主人正一邊看手機，一邊不知道在路旁尋找什麼。黎諾依之所以對這個背景十分熟悉，是因為高中時期，恰逢她家發生了巨變。父母慘死，伯父伯母又想要侵佔她家裡的巨額家產。

黎諾依是一個驕傲、美麗、擁有強大自尊心的人。她不願服輸，但奈何當時的自己僅僅只有十六歲，怎麼可能對抗得了一眾貪婪的親戚。

所以她的性格開始沉默、不再擁有十六歲花樣少女的活力。

鄭美學姐跟她同校，並且在一個社團。她的家雖然災禍不斷，但是卻相當的自強不息。學姐如同永動機一般，從不讓自己被不幸淹沒。

兩個堅強的女孩，不知不覺，就經常湊到一起，互相安慰。

不，與其說互相安慰，不如說黎諾依從來都是被安慰的對象。

學姐嘴裡總是掛著一句話：「人生，無論短長，它總會給妳留下一些什麼。是經歷也好傷痕也罷，讓妳餘生都帶著它去生活，無法擺脫。既然擺脫不了，那就努力戰勝它吧。」

「沒有什麼困難，是人的努力，不能戰勝的。」

學姐一直都很努力，她的努力也感染了黎諾依。讓她哪怕是被親戚扔進了詭異的不良行為矯正中心，也苦苦支撐著救贖的到來。

鄭美，其實就是黎諾依早年的精神支柱。人是需要偶像的，只有蹲在偶像的影子中，苦難似乎才會變得不再那麼痛苦不堪。

所以居然在異地看到了鄭美學姐，黎諾依自然非常激動。她走上前去跟學姐攀談了幾句，鄭美瘦得厲害，精神狀態似乎也不好。但學姐大眼睛中的神采依舊，那倔強不服輸，不會被命運壓低頭的眼神，令女孩佩服不已。

鄭美似乎正在忙著找什麼，她跟黎諾依互相交換了電話號碼後，就各自離開了。

當晚八點過，太陽的最後一絲餘暉從春城的天際線隕落後。學姐，竟然意外地撥了電話給她

□

「諾依，我是鄭美。妳還記得我嗎？」鄭美學姐第一句話是這麼說的。她的話中，黎諾依至今也不覺得能聽出什麼來。

黎諾依正躺在沙發上持續撥電話給我，可是我仍舊因為種種原因，沒接到。

「當然記得啊，今天早晨我們還碰見過呢。」女孩回答。

「記得我就好。記得我就好。諾依，妳最近還好嗎？」鄭美想寒暄幾句，但是她實在不是那個料。一出口就是有求於人之人最愛開頭的話。

黎諾依是什麼人，跟她清純好像很好騙的外表不同。這小妮子人精得很。她笑嘻嘻地問：「鄭美學姐。妳遇到了什麼麻煩？難道是最近出了事缺錢？我這裡倒是還有些小錢。」

諾依大富婆的私房錢可不少，尋思著鄭美家一直很窮，稍微接濟一點也不是不可以。

但鄭美卻急了起來，「諾依，妳還不知道我的性格。我不缺錢，好吧好吧，我這輩子一直都缺錢。但是我從來都不會向別人借。」

確實，鄭美高中時也知道黎諾依的家境很好。但是她再窮，也沒提過金錢方面的要求。不只是對她，對別人也是一樣。學姐，很有骨氣，從不借錢。

「那學姐妳找我幹什麼？我除了有點小錢，就只有漂亮的臉，和一個經常不甩我的男朋友了。」黎諾依不知道是在打趣，還是在自嘲。

「有件事想請妳幫忙。我在春城沒什麼朋友，唯一一個朋友最近還出差去了。所以，所以，我現在想去個地方。但是一個人又有點害怕。」鄭美學姐聲音很扭捏。

「沒關係，我陪妳。」黎諾依斬釘截鐵的毛遂自薦。

「謝謝，太謝謝了。」鄭美連聲道謝。

「咱倆高中時候，學姐妳幫了我那麼多。應該的。」兩個女孩妳一句我一句，寒暄了一陣子。黎諾依這才問清楚地址，叫了一輛計程車出發。

鄭美學姐的房子租在春城郊區，整條街又骯髒又破爛。黎諾依下車後，往後望了一眼。高樓大廈基本就在身後的天際線上，遙遠得很。周圍甚至只有些許破舊昏暗的路燈，有的巷子甚至連路燈都沒有。

放眼望去，全是平房瓦房，彷彿自己突然穿越回了上個世紀。黎諾依摸了摸自己的長髮，安靜地等在鄭美給的地址前。

過了好幾分鐘，鄭美學姐才騎著一輛「吱嘎吱嘎」作響的破舊自行車過來。

「諾依，麻煩妳久等了。」悶熱的天氣，讓騎車的學姐滿頭大汗：「上來吧，我載妳。」

黎諾依有些發呆地看著那輛隨時會散架的自行車：「這輛車，大約有二十多年車齡了吧。後行李架都沒有了。」

鄭美一拍腦袋：「對啊，這輛車我前些日子見到別人不想要，準備扔掉，就討了回來。今天下午騎的時候，後行李架就掉了下來。哎哎，怎麼辦，妳坐哪兒啊。」

「沒關係，我們叫計程車去。」黎諾依提議。

鄭美搖頭：「不行，那個地方太窄了，只有自行車能騎進去。」

「沒關係，喏，那不是一輛共享單車。我騎那輛車去。」黎諾依突然看到不遠處有一輛紅色的頂禮共享單車，正準備走過去掃碼開鎖。

原本還一臉笑呵呵的學姐，見她想要騎共享單車，臉色瞬間就變得慘白。她拚命地拽住了黎諾依的手：「不要騎！」

「為什麼？」黎諾依百思不得其解：「共享單車也是自行車啊。」

「那輛共享單車有古怪。嗯，不，不對。」學姐搖了搖腦袋：「諾依，春城的共享單車，妳千萬不能騎。聽我的話，一輛都別騎。」

「為什麼？」黎諾依奇怪道。

可鄭美學姐明顯不願意解釋：「說了，或許妳也不會相信。妳看那輛車，覺不覺得它正在監視我們？」

隨著學姐的話，黎諾依回頭看了那輛隱藏在黑暗巷口的共享單車。紅色的單車在黯淡的光線中，隱匿得很好。被學姐神秘的語氣一渲染，女孩彷彿覺得車子似乎真的變成了潛伏的怪物，正一眨不眨地死死盯著她們。

黎諾依猛地打了個寒顫。

既然學姐不願說，她也不是個愛打破砂鍋問到底的女孩：「那學姐，這附近有沒有賣單車的店？」

在鄭美的帶領下，黎諾依從一家快要關門的店中買了一輛最便宜的自行車，跟在學姐身後往前騎。

車騎行在晚上九點，沒有燈光的巷子中，在深邃的巷子裡穿行，越來越深。這裡又悠長又骯髒，完全想像不到一個足足有一千五百多萬人的現代化都市裡，居然有如此落後的地方。

汽車果然無法進入，狹窄的道路，僅僅只能容納一輛半自行車通行。

黑暗彌漫在周圍，悄無聲息，帶著惡臭的腐朽，散發著令人恐懼的氣息。

騎了足足有半個多小時，學姐終於將自行車停下。

「到了。」鄭美悄聲說了一句後，將食指放在嘴唇上，表示需要安靜。

黎諾依環顧了四周一眼：「這是哪裡？看起來好恐怖！」

這個地方確實有些可怕。每個城市都有貧民窟，而貧民窟又正好是髒亂的代表。人類天生就不喜歡髒亂的東西，這一點深深地寫入了基因中。畢竟髒亂，代表了疾病和傳染。而眼前的建築群，空無一人，沒有任何的燈光。而且比貧民窟還要破舊不堪。

鄭美停下來的位置前有一棟樓，明顯廢棄的三層小樓。這棟樓在低矮的貧民窟深處鶴立雞群，但是仍舊掩蓋不住落寞荒廢的氣息。

藉著月色，能看見小樓外牆早已斑駁，露出了原本的紅色磚牆。屋頂倒塌了一大塊，所有的窗戶玻璃也都破了。黎諾依眼尖，她甚至看到小樓好幾扇尚存的玻璃背後，似乎貼著某種泛黃的長條形紙張。

那，該不會是辟邪的符紙吧？

黎諾依被嚇得不由打了個冷顫。

學姐停了車，就拿出手機看個不停。

「學姐，妳到底來這兒找什麼？」女孩忍不住再次發問。

鄭美終於抬起了頭：「諾依，妳知道共享單車獵人嗎？」

「聽說過。據說是義務替各大共享單車公司尋找丟失、破壞的單車的志願者。」

黎諾依反應過來：「學姐妳不會就是其中之一吧？」

想到這，女孩心裡犯起了嘀咕。記憶中的鄭美學姐，因為家境貧窮每天要打好幾個工。估計現在在這個人生地不熟的城市，工作量也不小。她什麼時候有美國時間幹義工了？真有點怪。

「我正在當共享單車獵人。」學姐承認了：「當然，雖然是義工，但我有一個不得不當的理由。這個理由，現在還沒辦法說。」

黎諾依並不是強人所難的女孩，當事人不願說，她自然不會多問。再次環顧四周一眼，女孩心裡終究還是有些發悚。

貧民區從來都隱藏著城市百分之八十以上的罪惡。畢竟在這些地方，政府的管控力很差。許多犯罪者和逃犯都會利用這些糟糕的基礎設施，潛伏其中。

再加上，學姐已經帶她到了杳無人煙的廢墟中。

徐徐月光輕撒在廢墟上，矇矓又恐怖。那棟三層的小樓最是可怕，彷彿站立的怪物，隨時都會在月光下活過來。

「可為什麼學姐妳偏偏非得要晚上跑到這鬼地方來找共享單車。」騎車幾十分鐘，兩個女孩子大半夜的往滋生危險的地方跑。學姐的執著態度實在太不尋常了。

至少黎諾依自認為膽子算大的，現在站在這鬼地方都覺得頭皮發麻。陰冷月光下，一切都顯得驚悚無比。

特別是女孩越想越覺得不對勁兒。明明學姐也是怕這裡的，所以才厚顏求黎諾依陪她。可明明都害怕了，幹嘛還要來這裡？尋找丟失共享單車的機會，大把都有。學姐沒理由冒著危險跑這裡來才對。

黎諾依一邊想要開口問，一邊祈禱，「千萬不是要進眼前的小樓，千萬不是要進這棟小樓」。從心裡到生理，她都不想和這棟樓扯上關係。

可惜事與願違，學姐毫不含糊的指著三層小樓：「我們進去找找。應該就在裡邊。」

「等等。學姐，妳是不是應該解釋一下。」黎諾依沒動，將自己的疑惑說了出來。

鄭美臉色一愣，苦笑道：「諾依，妳的懷疑沒有錯。剛剛我也說過，我不是懷著做義工的目的來當共享單車獵人的。我有別的目的。有一輛我不得不找到的單車，我必須要去找。唯獨那輛車，我一定要找到。」

「那輛車，就在裡邊？」黎諾依眨巴著眼睛。（＊詳情請參看《夜不語詭秘檔案803：禁止關燈》）

學姐點頭：「沒錯，就在裡邊。」

黎諾依嘆了口氣，心想來都來了，那就陪著學姐一起進一進刀山火海吧。

或許，這棟光是用視線接觸就讓她有些生理抵抗的小樓，並沒有那麼可怕呢。

或許，這裡只是普通的廢墟罷了。

想著想著，黎諾依和鄭美，踏入了這棟荒廢的小樓中。

第五章　單車墳場（下）

對所有中國人來說，有一個四字魔咒是永遠繞不開的。只要有人對你說出這四個字，你就會中邪般地買票去最坑人的景點、玩命爬上最艱險的山峰、吃下最難吃的餐館飯菜……

這四個字就是——

來都來了。

對於聰明堅強的黎諾依而言，仍舊沒有逃脫這個魔咒。畢竟她還是陪著鄭美學姐走進了看上去很可怕的三樓高廢墟裡。

抱著僥倖心態的她跨過沒有門的門廳後，立刻就後悔了。因為，這棟樓的內部，比外邊更加的恐怖。

「這裡以前是幹嘛的？」黎諾依問。

鄭美搖頭，「不清楚。」

「妳確定妳要找的共享單車在裡邊？誰會把車騎到這種鳥不拉屎的地方。這鬼地方整片都是廢墟，沒有人住吧！」女孩小聲問個不停，掩飾內心的恐懼。

「我在春城待了好幾年了，也是第一次來這兒。我現在才知道，原來我租屋附近有廢墟咧。」鄭美的眼睛不停地往四周掃視。

黎諾依無言地摸了摸腦袋，突然想到了什麼：「等等，妳怎麼知道要找的共享單車是哪一輛？」

學姐猶豫了一下，稍微透露了些資訊：「每一輛無人單車都有編號。在各家單車公司的後臺能查詢到。有時候他們會稍微開放給共享單車獵人，我花了好大的力氣才知道那輛車的號碼。靠著一些幫助，今天晚上才定位到那輛車。」

「我就不明白了。妳為什麼非得要找某一輛共享單車。這種車不都是一條生產線出來的，哪一輛不同？」黎諾依撇撇嘴。

鄭美顯然不願意觸及這個問題，岔開了話：「我的好學妹。依依大美女，妳也替我找找。看哪裡有紅色的共享單車。」

三層破樓裡殘破的牆壁因為倒塌，紅色磚塊遍地都是。牆壁明顯是被人故意弄倒的。十多年屋齡的樓中，原本的設計相當不錯。顯然是建商砸了大錢，準備當成樣品屋蓋的。不清楚是不是資金出現問題，建商跑路了。

造成了這一大片的沒蓋完的房子，在風吹日曬中，成為了爛尾的廢墟。

房子裡的鋼筋能被抽出來的，都被遊蕩的拾荒者割走了。搖搖欲墜的主體結構，支撐著略顯詭異的建築模樣。越看越讓人不舒服。

最恐怖的是，每扇窗戶上，果然都被風水師貼滿了驅邪的紙符。

「該不會這裡發生過命案？」走在黑暗中，兩個女孩只能靠著手機的手電筒功能照明。黎諾依很害怕。

看起來很堅強的鄭美也不好受，她越往前走，腦袋越是朝黎諾依的肩膀偏。顯然嚇得不行。

泛黃的符紙，被燈光一照，倒泛出一絲陰暗的紅。黎諾依皺皺眉，大著膽子將其中一張符紙扯了下來。

頓時，她猛地向後退了幾步。

符紙下方，貼著乾枯的血。血裡還混雜著幾根黑色的毛。

「哇，好可怕。」鄭美學姐嚇得不輕。

黎諾依遇到的詭異事情不少，經驗豐富。她回過神來後，從口袋裡取出一張面紙，將已經曬乾固化的血液扯了一些下來，湊到鼻子邊聞了聞。

「人血？」學姐臉色蒼白地問。

「都乾了，哪裡還有味道。」黎諾依苦笑：「但是從各方面判斷，毛應該也是狗毛。這血，肯定是黑狗血。」

鄭美打了個冷顫：「這地方原先鬧鬼？」

「可能是建商覺得這裡鬧鬼，請了風水師後，仍舊沒用。最後工人太害怕，工期拖太久都沒蓋好。導致破產吧。」黎諾依猜測。

學姐小聲嘀咕道：「那輛車怎麼會被騎到這兒？」

「鄭美學姐，妳手機上的車輛定位在哪兒？」黎諾依總覺得這裡不是久留之地，心想，快點找到學姐的東西，迅速離開才行。

鄭美慌張地看了手機一眼：「定位就在這棟樓中。」

紅色的圖釘，釘在了螢幕中央。中心點便是這破樓。但是樓雖然破，面積挺大，兩個弱女子找起來不太容易。

「我記得頂禮單車內部裝了室內空間定位系統，哪怕沒有 GPS 訊號，只要在它附近幾百公尺都能顯示位置。」黎諾依摸了摸劉海：「咱們試試看。」

說著，她滑了滑鄭美的手機，轉入室內定位模式。螢幕上的圖釘動彈了幾下，泛出一層層水漪似的波紋。整個圖釘都拔高了些。雖然沒有廢墟的圖像，但是卻有一個向上的箭頭。

「單車在樓上？」黎諾依眼皮跳了好幾下，她視線轉移到房子盡頭的樓梯上。旋轉樓梯沒有扶手，上邊落著許多的磚塊和雜物。骯髒的地面很難容人通過。

這種危險的樓梯，究竟是誰有那麼無聊。頂禮共享單車雖然不重，但是也絕對不輕。因為一體化的設計，重量超過十五公斤。那個騎單車的傢伙，不但違反了共享單車的騎行禁令，居然還將車抬到了樓上。

那傢伙到底是在玩哪門子的惡作劇？他就不怕摔下來摔死？

可偏偏學姐要找的車，竟然非得是那唯一的一輛。

「咱們上去看看。」鄭美不死心。

黎諾依只好陪著往上。她們小心翼翼地踩著階梯上的廢磚頭，好幾次都險些踩滑了掉下樓。幸好有驚無險地來到了二樓上。

二樓被打破的窗戶少了些，垃圾和建築廢料也少了許多。黎諾依又滑了手機幾下，螢幕顯示還要再上一層。

單車被抬到了三樓上。

修養再好的黎諾依，都快被搞惡作劇的混蛋氣到：「繼續上去吧。」

學姐點點頭。她們倆來到了三樓。

廢樓是圓柱形結構，最高樓就是三樓。因為有些地方沒蓋完，所以整個三樓有一半都沒有牆壁的，地板就那麼裸露在外。如果角度好的話，遠遠望去，甚至有些近似羅馬鬥獸場的缺角。

三樓偌大的空間，空蕩蕩的，由牆隔成了好些沒有門的房間。每一個房間的空間不算小。最初的設計，恐怕是用來當做辦公室。

兩個女孩靠著手機導航，一直朝南邊方向走。

當走到最後一個房間時，鄭美的手機光線似乎照到了牆壁上的某樣東西。

一絲刺眼的紅，映在她們倆的視網膜上。

「有血！」學姐嚇了一大跳，險些躲到黎諾依背後。

黎諾依頭皮發麻的強自鎮定，她用光再次射向紅色的污漬。污漬在光芒中，變得不同起來。女孩渾身一抖：「學姐，這些紅色的應該是血。不知道什麼動物的血。不是污漬，有人用血寫了一行字。」

「我就在牆後邊。」

用血寫成的字，痕跡很深。血跡雖然乾了，但是沒有乾多久。顯然是前些日子有人刷上去的，而且不超過三天。

「我就在牆後邊？」黎諾依念出聲音，疑惑道：「誰在牆後邊？」

難道有什麼，潛伏在牆後邊？還是說這僅僅又只是一個惡作劇？女孩有些搞不懂了。她不懂學姐隱瞞著什麼秘密；也不清楚這棟樓，到底隱藏著什麼怪異。

「這行字！這行字！」學姐全身都在發抖，眼神裡不是恐懼，而是某種說不清道不明的感情色彩。她什麼也不顧地朝門跑去。

鄭美剛跑了沒幾步，猛地又停下了腳步！

「學姐。妳幹嘛跑那麼快。」黎諾依抱怨了一聲。跟著鄭美走入了這沒有門的房間。房間裡空蕩蕩的，大約有五十多平方公尺。沒有天花板，月光傾瀉在水泥地面，甚至能看到牆角灰塵很厚的地方已經長出了許多的小草。

除此之外，似乎就沒別的什麼東西了。五十多平方公尺的空間並不大，一目了然。

房間內根本就沒有停放什麼共享單車。可剛剛的定位，是怎麼回事？

黎諾依抬起呆滯的學姐的胳膊，看了她緊握在手心的手機螢幕一眼。室內定位的圖釘標誌，明明就顯示，單車在這個房間裡。

不過，至今女孩也沒有用肉眼看到單車的影子。

「學姐。」黎諾依加大了音量：「沒妳要找的東西，我們回去吧。」

鄭美終於回過神來，仍舊不死心：「我再找找。」

說著就在這鬼地方繞著圈子走了幾圈。

「咦，諾依，妳看這裡也有字。」鄭美竟然真發現了些古怪。她指著房間西側一個很不起眼的角落。

和門外同樣的，血寫成的一行字，赫然出現在了角落牆壁上。

「我在草叢下。」

字就只有這麼五個，以及一個向下的箭頭。鄭美的反應果然很奇怪，她看著那些字跡，視線似乎捨不得離開。

「寫字的，是學姐的熟人？」黎諾依問。

鄭美沒說話，而是找來一塊碎磚當鏟子，挖起了箭頭下方的土。

這行字下的草叢長勢茂盛，黎諾依本以為只有薄薄幾層土，沒想到學姐挖了好幾下都沒有挖到底。顯然建築在這兒有一個地面下凹不知道多少的設計。

「我幫妳。」黎諾依沒辦法，也找來磚頭開挖。

兩個女孩挖沒多久，黎諾依手上的磚就碰到了一個硬邦邦的玩意兒。

「學姐，我有發現。」她將硬物拉出來：「呃，好噁心。」

居然是一條內褲。內褲已經有些發黴了，褲子中似乎包裹著某種不太大的東西。

「這條內褲，果然！果然！」學姐猛地抱住發黴的內褲，被包裹的內容物猛地掉了出來。

竟是一些零碎的單車零件。

黎諾依拿起來辨識了一下零件上的英文字，大吃一驚：「咦，咦咦。這些是頂禮共享單車上的 GPS 定位系統和電池。」

骯髒內褲的背面，還用血寫了一行小字。字跡模糊，但仍舊隱約能看清楚。

「恭喜，你找到了我的心臟。現在來找找別的。在左邊。」

學姐也看到了那行字，斬釘截鐵地說：「我們去左邊房間。」

廢樓三樓的規劃基本相同。左邊房間依然是一模一樣的格局，只不過天花板的損壞程度小一些。

在那房間，兩個女孩找到了兩個輪胎，一件T恤，和寫在T恤上的紅色字。

「恭喜，你找到了我的手和腳。現在來找找別的吧，在後院。」

黎諾依和鄭美下了樓，繞到了廢樓的後院。女孩非常猶豫還要不要繼續涉入這件事，學姐明顯對自己隱瞞了許多事情。

她絕對認識寫這些字的人。

可，學姐究竟在幹嘛？她在和這個人玩遊戲？不對，絕不是遊戲。貧窮的學姐不可能為了陪一個人玩遊戲而放棄工作時間。雖然黎諾依不是單車獵人，可這不影響她揣測學姐為了這件事有多努力。

想要在共享單車公司拿到某個特定單車的車號，還有定位介面。這已經算洩露公司內部資料和核心秘密了。黎諾依甚至猜測，這是學姐不知道花了多少錢賄賂頂禮單車的員工，才拿到的資訊。

花了這麼大代價，絕不可能是遊戲。

那麼學姐，到底要做什麼？

黎諾依覺得自己似乎又陷入了一件恐怖的事情當中。未來充滿了迷霧。鄭美學姐在這個事件裡扮演著怎樣的角色？

女孩不清楚。但是她很明白，如果放任學姐不管的話，學姐肯定會非常危險。因為家庭因素，黎諾依並非一個熱血的人，她溫婉美麗的外表下，其實比想像的更加冷酷。但偏偏對這位十分照顧自己，在自己最困難的時候給予了溫暖的學姐，她實在是無法放任。

在下樓繞去廢樓後院的路上，女孩又偷偷地撥了我的手機。可是我因為陷在某個事件中，話筒裡仍舊只有嘟嘟聲。

黎諾依只能幽幽嘆了口氣。

破舊樓房的後院，通過大堂後門就能到。一推開門，兩個女孩倒吸了一口涼氣。

密密麻麻的各種共享單車，或殘破或完整，亂七八糟地堆積在後院。這個偌大的足足有三百多平方公尺的後院裡，疊羅漢般堆滿了數百輛單車。

髒亂叢生的雜草叢長勢良好，有的已經將最底層的單車覆蓋住了。黎諾依和鄭美手機的燈光下，荒廢的後院，如同一個單車墳場，極有震撼力。

「一輛一輛的找找看吧。」鄭美的心臟在怦怦亂跳。她雖然害怕，但仍舊莫名其妙的執著。

「不用一輛一輛地找。」黎諾依想了想：「學姐，既然妳找的是一輛特定的單車。而我們又找到了那輛單車的定位系統和輪子。那麼，我猜車早就已經被肢解了。那個人讓我們來後院，大概也不需要我們多費神吧。找找看哪裡寫了紅色的字就好。」

鄭美覺得有理。兩個女孩各自分開，繞著圍牆找了一圈。很快，就在院子右側的圍牆根部找到了一行字。

「我的頭在左邊，身體在右邊。」

黎諾依和鄭美頓時毛骨悚然起來。她們往左右兩邊瞅了瞅，似乎真看到左邊和右邊分別各有兩個凸起的小土包。

「我挖左邊，妳挖右邊。」學姐咬牙說。

黎諾依同意了。她們倆分別找來硬物到小土包上挖掘。很快，黎諾依就挖出了一件殘破的短褲，上邊用紅色的血寫著：

「你找到我的身體了。」

土坑下，是一架完整的單車殘體。有坐凳有車架。黎諾依皺了皺眉頭。頂禮共享單車一共就只是由車架、坐凳、輪胎、定位和小電池組成。沒有別的了。

既然整輛被分屍的單車都找了出來，那麼學姐挖的所謂的「頭」又是什麼？想到這兒，突然一股不祥的預感竄了上來。黎諾依立刻大叫道：「學姐，不要挖了。我覺得有古怪！」

「遲了。」鄭美本來就已經蒼白的臉色，瞬間變得慘白無比。她手裡捧著一雙鞋。鞋上隱約也有一行字。

「不要回頭，千萬不要回頭。」學姐衝著黎諾依喊叫。

兩個女孩正背對著牆壁，身後便是數百輛廢棄的共享單車。

陰冷的月亮，死寂的身後。突然傳來了一陣陣「啰啰啰」的異樣響聲。

「怎麼回事，學姐，那雙鞋上寫了什麼？」黎諾依渾身發抖，她確實不敢回頭。人的勇氣並不是無限的，在這詭異無比的夜晚、在這無人的廢墟裡。誰知道一回頭，就會看到什麼可怕的東西。

「啰啰啰」的聲響，徘徊在身後，像是只有一個，又像是有無數個。

鄭美艱難地吞下一口唾液：「上邊寫的是『我的頭就在後邊，盯著你們。千萬不要回頭看，有些東西會，害羞地殺死你們。』」

黎諾依整個人一驚：「上邊寫的是『你們』？為什麼用的是『你們』兩個字？為什麼寫字的人用的是複數，而不是單數？他知道我們倆會來？」

「總之，照上面說的做。」鄭美的聲音嚇得在止不住的發抖。

背後「啰啰」聲響個不停。聲音越來越響，聲音遊移在院子裡。黎諾依完全無法想像背後究竟有什麼。那東西絕不是人類。相反的更像電影《咒怨》中，女鬼伽椰子爬下樓梯時喉嚨裡發出的怪聲。

黎諾依止不住的恐懼，同時又有些好奇。發出那聲音的實體，到底是啥，她實在想回頭看看。

幸好女孩保持著理智。怪事遇到過許多的她很清楚一點，遵從規則，是活下去的最好辦法。

「上邊寫的注意事項，只有不回頭看嗎？」黎諾依試著大聲一些。

背後發出「啰啰」怪音的東西，並沒有反應。看來它對聲音甚至沒有條件反射，這只能證明它沒有聽覺。

而鞋子上寫的文字，只有一個提醒，便是不能回頭看。那怎麼，背後的東西，會對人的視線產生回應。

「學姐，妳不要動。我往妳那邊移動。」女孩試探著往左邊走了一步，感覺沒危險後，又再次緩緩移動起來。

冷汗隨著致命的恐懼感，不停地在她額頭滑下。兩個小土包只相隔了五六公尺，黎諾依卻感覺幾乎用了半生的時間，才跨越。

一有風吹草動，她就停下。

月光下，發出怪音的東西，是沒有影子的。但是兩個女孩都能察覺它在背後移動。有一次甚至移動到了黎諾依的身體右側，女孩只需要稍微轉動眼珠，視線餘光就能瞥到那玩意兒。

黎諾依卻不敢賭，她躲開了視線。

但女孩終於靠近鄭美時，才微微鬆了口氣：「學姐，妳手上的鞋子給我看看。」

黎諾依仔細地觀察了鞋子上的文字。字跡和順著三樓她們一直找來的文字一模一樣，是同一個人寫的。

古怪的是，寫字的人，為什麼能預測到來找單車屍體的人是複數？他在鞋子上的提醒是什麼意思？善意的，還是惡意的？和背後發出「啰啰」響聲的東西，有什麼關聯？

一連串的疑惑，在黎諾依的腦海裡閃過。聰明的女孩感受到背後那散發著無比寒意的怪物絕對是致命的玩意兒。

如果回頭看了，說不定真的會被殺掉。

看著鞋子，回想了一陣子。黎諾依突然臉色嚴肅的抬起了頭：「寫字的人和學姐是什麼關係？鄭美學姐，他認識妳對吧。不，他非常瞭解妳。這些字都是前段時間寫的，已經有好幾天了。他不可能預測未來。只能對妳的行為習慣進行推測。」

「寫字的人猜測妳會找到這輛單車，寫字的人似乎不希望妳真的去找。他還猜到，妳不敢一個人過來，真的要找過來，也會約朋友。」

「你們，很親密？」

鄭美渾身一震，突然哭了起來。但仍舊不願開口。

「算了，我不勉強妳回答。」黎諾依心裡已經有了個初步的判斷：「還是先想怎麼從這裡逃出去吧！」

女孩不斷思索，回憶著這一帶的地形。

後院她雖然隨便地看過一圈，但是它原本是封閉的。唯一的通道就是廢樓的一扇玻璃碎裂的推拉門。

不過由於廢棄許久，最南邊有一側的圍牆已經倒塌。自己應該在北邊，倒塌的破口就在位於她正背後的方向。

發出「啰啰啰」聲響的怪物，至今也沒有做出傷害她們的事情。但黎諾依明顯能察覺到，那東西確實在用冰冷刺骨的視線盯著她們。女孩的背脊發涼，那東西的視線猶如蛆蟲一般，依附在她背上。

「鄭美學姐。妳認真聽我說。」黎諾依緊張的嚥下一口唾液，小聲道：「我們面對著牆壁，緩慢挪動。後院的圍牆是橢圓形的，只要我們到了南邊，就能逃出去。」

鄭美點點頭：「聽妳的。」

隨之苦澀一笑：「諾依，實在是太抱歉，害妳陷進這種怪事當中。如果我知道的話……」

「好了，道歉的話，等我們逃走了，我再聽妳說。想說多少遍都可以。」黎諾依淡淡道：「現在我數一二三，然後一起朝同一個方向邁步。」

「哪個方向？」

「走右邊。一，二，三。」

當黎諾依數到三的時候，兩個女孩試著往右邊走了幾步。背後的怪東西仍舊沒有反應。她們倆安心了不少。一步，兩步，三步的不停地移動。三百多平方公尺的後庭，繞一圈在平常也不算太遠。

可在死亡威脅下，可在背後那未知的玩意兒一刻不停地死死盯著她們的每一次移動。這是真正意義上的如芒刺在背。

「學姐，妳似乎挺信任寫字的人？」黎諾依緊張無比，為了控制恐懼到無法挪動的雙腿，她開口問。她試圖用說話來分散注意力：「不然一般人在這種詭異狀況下，絕不會乖乖聽話的堅決不回頭。妳看，學姐妳一點想要看後邊的心思也沒有。」

鄭美沒有意義的「嗯」了一聲，仍舊什麼都不願透露：「諾依，最近我遇到了一些麻煩。如果時機允許，一定會元元本本的告訴妳。就是不知道這件離奇的事，妳會不會相信。」

黎諾依笑起來：「放心，學姐。我其實也是個有故事的人。」

她們倆有驚無險地來到了圍牆的破口處，背對著單車墳場，在那如刺般的視線裡，越過了殘破圍牆來到了外界。

兩個女孩躲到了牆壁後，背靠著牆，不停地用力喘息。

冰冷牆壁，冰冷月光，寂靜的世界沒有了那驚悚得讓人起雞皮疙瘩的視線後，彷彿一切都回到了正軌。

她們在很長的一段時間裡，甚至都不敢轉動脖子。

「走吧，離開這裡。哎，沒想到就算找到了那輛共享單車，我仍舊什麼也沒發現。自己太天真了。」鄭美嘆了一口氣。

她們不敢靠近破損的破口，繞了好長一圈後，這才騎著自行車離開了這怪異的廢墟。隨著距離文明城市的代表——最近的路燈越來越近，兩人的情緒才逐漸穩定。

直到抵達車水馬龍的主要幹道，黎諾依才長長鬆了口氣。

鄭美和黎諾依別過後，各自回家。叫計程車離開平房區的黎諾依看了看手錶，接近凌晨兩點了。

不知為何，她心裡那股隱隱的不祥預感，仍舊盤旋在心底，沒有消散。女孩擰著眉頭，不知道究竟哪裡不對勁兒。

可黎諾依終究因為雜事太多，沒有多想。

她的直覺沒有錯，一切，只是開始而已！

第六章 別回頭

俗語說，人是三節草，總有一節好。

意思是再糟糕的人生，也總有發光的一刻。但是這句話反過來看，也就意味著人的一生，遇到糟糕狀況的情形，遠遠比遇到好事的時候多得多。

特別是在人倒楣的時候，真是喝杯涼水都會塞住牙縫。

黎諾依回家後，洗了個熱水澡。她不時揉著自己痠痛的脖子，由於不久前不敢回頭，甚至不敢轉動脖子。僵硬了許久的脖子至今都有些痠痛。

女孩甚至覺得脖子有時候變得不像是自己的了。如同有什麼掐在脖子上，令她無法動彈。整個身體也沉重無比。

她洗漱完畢，已經過了凌晨三點。女孩換了睡衣疲倦不堪地蜷縮在公寓的床上睡覺。很快她就熟睡過去，不知道睡了多久。

突然，房間裡的一絲異響，將她吵醒了！

黎諾依揉著惺忪的睡眼，覺得不太對勁。哪怕是閉著眼睛，她都覺得門外有一雙邪惡的眼睛在不懷好意地盯著她。

在她身後，是臥室的門。

女孩立刻就被嚇得完全醒了。她手心裡全都是汗。直覺告訴她，有人侵入了她的房間。因為睡覺前，臥室的門明明是關著的。從小就缺乏安全感的黎諾依，從不會不反鎖門睡覺。

但是現在，臥室門卻不知什麼時候敞開了。從客廳吹來的風，從陽臺落地窗散射的屋外城市燈光，一股腦的投影在臥室中。

黎諾依背對著臥室門，她豎起耳朵，什麼聲音也沒有聽到。漆黑的臥室裡只能憑藉微弱的外界光線照明。女孩一動也不動。

門外，甚至沒有人類的呼吸聲。彷彿整個小公寓中，只有她一個人。不過黎諾依清楚的察覺得到，房裡還有別人。

那個人，至今都還在死死盯著她看。

女孩頭蹭了蹭枕頭，發出睡意朦朧的聲音。她繼續裝睡，手像是不經意地摸到了枕頭下邊。黎諾依的父母死得早，親戚個個都想害死她謀奪遺產。形成了她會在枕頭下邊放一把小刀的習慣。

小刀是母親遭逢意外死前不久給她的。現在想來，母親說不定早就預感到自己會在哪一天遇到死劫。

所以送給黎諾依小匕首的那天，還語重心長地說過這麼一句話：「諾依，我的乖女兒。如果有一天我和妳爸爸都不在了。妳又遇到了實在翻不過去的坎，與其長痛，不如乾脆結束生命吧。但是答應我，答應我一件事。諾依，在妳結束生命前，一定要好好想想。那件事值得妳送命嗎？」

「值得妳將這把刀刺進自己的心口嗎？會不會刺進別人的心口，比放棄更容易些？」

直到幾年前，黎諾依才清楚地明白了當年母親那番話的意義。但這個堅強的女孩，從來就沒有想過要放棄。

那把小匕首，也成了自己唯一的紀念品和防身工具，時時刻刻帶在身邊。鞭策著她絕不要陷入只能自我了斷的絕境。

黎諾依抓住了匕首，她稍微鬆了口氣。門外的人依舊靜悄悄的，似乎完全沒有想要進來的意思。它只是在門外瞅著她，那股視線冰冷刺骨。女孩視線接觸到的位置，皮膚都爬滿了雞皮疙瘩。

最重要的是，那股視線，似乎在哪裡感覺過。

女孩的大腦開始運作，她拚命地在腦海中搜刮著記憶裡的一絲一毫。最終，她猛地渾身一震。

對了，她想起來了。想起來廢樓後院鞋子上寫的提醒她們「不要回頭」的文字。文字只寫了「千萬不能回頭」，但卻沒有寫明不能回頭的有效範圍。

人類的思緒都是有漏洞和局限性的，一般人都會覺得離開恐怖場所後，詛咒般的禁忌就不會出現了。自己也就逃出生天了。

但是萬一這個想法是錯誤的呢？

如果文字上沒有寫明的另一層意思是，「你這一輩子，無論在任何時候任何地點，都不能回頭。回頭就會死」呢？

黎諾依更不敢回頭看了。她僵直著身體，一動不動地石化在床上。又不知過了多久，她的肩膀都因為固定的側姿而發痛了，不知不覺間，身後那股可怕的視線又猛然失蹤。

就如同它突然而來般，又突然的消失得無影無蹤。寂靜黑暗的房間，終於又真正的剩下了她一個人。

黎諾依這才舒了口氣，她趕忙抓起手機想打電話給鄭美學姐。

就在這時，電話先響了起來。

鄭美的來電！

「學姐，事情還沒結束。那個廢樓裡的東西跟過來了。」黎諾依接通電話後，立刻衝著手機大叫一聲。

「我知道。我知道。對不起，諾依，是學姐害了妳，是學姐把妳拖進這件恐怖事件當中。學姐太懦弱，太害怕了。對不起，對不起！」電話的那頭，學姐哭個不停。

黎諾依第一次聽到學姐的哭聲。記憶中如此堅強的學姐，泣不成聲，絕望而又惶恐。

不祥的預感再一次席捲了她，還沒等她開口，學姐已經先顫顫巍巍地說話了：「諾依，不管發生了什麼，千萬不要回頭。」

「學姐妳……」黎諾依預感到了什麼。

「那個東西也跟著我回去了。」鄭美抽泣著：「抱歉，我實在忍不住，回頭看了一眼。」

「什麼！妳回頭了？」女孩大驚。學姐回頭看過了，卻似乎毫髮無損地跟她通電話。難道回頭看的代價並沒想像中那麼重，不會死人。

剛這麼想，鄭美就說：「諾依，我或許會死掉。」

「會死？誰要殺妳？那個東西還在妳房間中？」黎諾依大驚失色。

學姐在電話對面搖頭：「不，那東西已經離開了。」

「那妳應該沒事了才對。」說到這兒，黎諾依頓了頓，小聲道：「學姐，妳回頭，看到了什麼？」

「我不能告訴妳。對不起，否則，妳也會和我一樣的下場。」鄭美不肯說。

黎諾依急了起來：「學姐，妳這也不說那也不說。我怎麼知道妳會有什麼下場。那鬼東西既然已經離開了，那妳肯定沒危險了吧。」

「不，我已經被詛咒了。或許要不了多久便會死掉。」鄭美止住了哭聲，突然提高音量道：「諾依，聽學姐一句話。妳現在馬上離開，離開春城遠遠的。不要回頭，不要好奇。或許躲得遠了會躲過這一劫。」

黎諾依也險些哭了，學姐這完全是在交代遺言：「那妳呢？」

「不要管我。再見。嗯，不，永別了，我的好學妹。」

鄭美嘆了口氣後，掛斷了電話。黎諾依瘋了似的撥打學姐的號碼，全是「您撥的電話沒有回應」的提示音。

鄭美已經有了赴死的決心，她訣別過後，到底要幹什麼？她一連串的行動都很詭異，無論是尋找特定號碼的共享單車。還是找到後的痛苦表情。無一不說明，她早就做好了破釜沉舟的準備。

黎諾依經歷過許多詭異事件，她清楚得很。鄭美太天真了。她如果真的回頭，甚至回頭後被詛咒了。可所有的所謂詛咒，都不是跨越地域和時間便能夠解除的。解除詛咒的唯一辦法，便是理順詛咒的源頭，解決它！

女孩確定自己沒有危險後，這才從床上半坐起來。她打開了床頭燈。不刺眼的光線，照亮了整個房間。

黎諾依評估了「不回頭」這個動作的意義。從鄭美的電話中，她依稀有了些線索。首先，在背後有偷窺感時，是絕對不能回頭的。如果回頭了，就會被未知的死亡詛咒依附。

第二，「不回頭」這只是個動作，在平時回頭看有沒有危險，這個不明。

黎諾依保持著脖子的僵直，上半身儘量不動。她從床上挪動雙腳和下半身下了床後，繞著床走了一圈。面朝臥室的大門。

這一看，女孩頓時毛骨悚然。

只見小公寓的地面上滿是亂七八糟的自行車輪胎痕跡，猶如有一輛自行車在她只有五十平方公尺的公寓內狂飆過。骯髒的輪胎壓過後，殘留一地散發著腐臭的污垢。

「這都是些什麼東西。」黎諾依揉了揉發痛的額頭。難道一直跟蹤她和鄭美的，其實是一輛自行車。自行車也會詛咒人？還是說騎自行車的傢伙，才是背後的真凶？

女孩越發覺得困惑了。

她一刻也不敢怠慢，迅速穿好衣服，叫了輛計程車趕到了鄭美的租屋處。由於路不熟，晚上的路又黑，在那片老舊的平房繞了幾圈才找到地方。

鄭美的屋子前，房門大開著。

黎諾依的心頓時涼了半截。她衝到這個不大的家裡，居然找到了穿戴整齊正準備出門的鄭美。

學姐就躺在門邊，不知為什麼暈了過去。

她身旁散落著一些行李，不多。甚至包包裡有一些東西，連黎諾依都沒見過，完全搞不清楚用途。

黎諾依皺了皺漂亮的眉，鄭美應該是被人從背後襲擊了。包包也有被翻找的痕跡。她沒敢多待，攙扶著學姐離開，回到自己的公寓。

故事講到這裡，黎諾依似乎講得差不多了。她至今回憶起來，仍舊有許多疑惑未解。

我找了一瓶礦泉水，遞給她。

女孩挪動纖巧的身體，將腦袋靠在我的肩膀上。瀑布般垂下的黑髮有如絲綢，擁擠在我的臉側。我輕輕拍了拍她的背。

黎諾依繼續說：「學姐在我的公寓待了好幾天，有些不正常。她明明是被打暈的，我第二天也帶她去做了身體檢查。沒有大礙，也沒有腦震盪。但是她偏偏嗜睡得很。清醒的時間極少。哪怕是醒來，大多數時間也在胡言亂語。」

說完，她苦笑起來：「今天甚至還失蹤了。阿夜，你說這叫怎麼回事。學姐她，到底做錯了什麼？」

我瞇了瞇眼睛，許久都沒有開口。

事件光是聽黎諾依敘述，都顯得異常的複雜。哪怕是我，在現有的線索中想要找出答案，也是困難重重。

我側過頭，看向黎諾依精緻的側臉。女孩閉著眼睛，彷彿驚魂失魄、孤苦無依很久的小孩子終於找到了依靠，她的臉上流露著少有的安心。

只不過，哪怕是依偎著我，她的腦袋依然保持著不太自然的僵硬。

突然，我意識到了問題或許比我想像的更加嚴重。我側身抓住了黎諾依的胳膊，讓她認真的和我對視：「從妳到廢墟回來至今，幾天了？」

「大概快四天了吧。」黎諾依不解的問：「怎麼了？」

「四天了？難為妳了。」我用力揉著她的脖子。

黎諾依恬然一笑：「原來你已經發現我，至今都沒有轉動過腦袋了。」

「難受嗎？」我看著她淡淡的甜美微笑，內心有一絲心痛。

「剛開始有些不習慣，特別是脖子老是僵硬疼痛。特別是想要時時刻刻保持警覺，不讓任何事物影響我，讓我下意識的回頭，這點最困難。不過現在覺得，似乎也不錯。」黎諾依笑得很開心：「至少，阿夜你替我揉脖子了。超感動。」

這個女孩，果然堅強得可怕。美麗的外表下，隱藏著猶如野草般的生命力。

「好了，別貧嘴了。我們還是來解決眼下的問題吧。」我試著捋了捋現有的線索。

黎諾依點頭：「我也確實想知道事件的真相。」

我掏出手機，打開記事本，開始在上邊寫寫畫畫：「首先是妳的學姐鄭美。她的目標是尋找一輛特定編號的共享單車。我覺得她極有可能要找的並不是那輛單車，她想要找的是人，是最後一個騎那輛車的人。」

「只有這個判斷，最符合邏輯。畢竟如果人不失蹤，鄭美就沒有必要去找他。而那人之後，共享單車就沒被人使用過，若非如此，鄭美也沒有尋找那輛車的意義。所以我斷定，或許，共享單車和人是一起失蹤的。」

黎諾依想了想，覺得很有道理。

「之後，來討論一下廢樓裡發生的事情。那個失蹤的人，對鄭美而言非常重要。」我在手機上根據黎諾依的回憶，畫了廢樓附近的草圖。看了幾眼後，覺得沒什麼特別。便在電腦上查了查廢樓所在的衛星地圖。

鄭美本來就住得遠，而比她住處更偏遠的廢樓，幾乎已經接近城市郊區了。甚至，離我上一次遇到詭異事件的美骨鎮都快不遠了。

廢樓的歷史我也順手查了查。確實和黎諾依猜測的差不多，因為樓裡莫名其妙的跳樓死了好幾個工人，最後又被查到有安全疑慮而停工。最終建商因為工期拖太久，資金出現問題落跑了。

從此那整個區域，都廢棄了。

廢棄的工地極為偏遠，附近根本就沒有人居住。而且因為有許多不好的傳言，本地人也從來不去。久而久之，會去的人也幾乎絕跡了。

那麼事情就有點怪了。一個沒人會去的地方，為什麼會有那麼多廢棄的共享單車。每一輛車，都對應著一個騎車的人。

幾百輛車，就意味著有幾百個人騎車過去，因為種種原因去了就不再騎車，將共享單車棄置在樓內。

可，這麼做有任何意義嗎？

我的眼睛不停地掃視衛星地圖上，看了許久，都完全找不到幾百個人騎車去廢樓的理由。廢樓離大路很遠，走路大約接近一個多小時。那些人幹嘛要到廢樓後，丟棄共享單車，最後步行離開呢？

他們，有什麼目的？還是單純的惡作劇？

我將自己的分析告訴黎諾依後，她也百思不得其解：「這個很重要？」

「我覺得鄭美想要找的失蹤單車，會出現在廢樓中並不是偶然。只要搞清楚了兩者之間的關聯，說不定就能破解落地窗上，綁架鄭美的傢伙留下的訊息。」我緩緩說。

想了想，我又道：「當然，也有一個更快的辦法。」

我用手機聯絡到，跑去老男人楊俊飛的偵探所串門的妞妞，照片傳給她後，要她將落地窗上的痕跡單獨抽出來，將其製作成符號。

「第一眼看到這個痕跡，我們都認為是一張地圖。」我對黎諾依說：「既然直覺是這麼告訴我們的，那麼留下痕跡的傢伙，一定也希望我們朝這個方向想。如果真是地圖的話，順著地圖找，終點或許就是隱藏鄭美的地方。」

很快，妞妞就將痕跡轉換成符號。單獨的線條猶如一團亂麻，歪七扭八的。一條線進去，七繞八繞、很快就糾結在一起。之後好不容易有一條線冒了出來，拖了很遠。

一進一出的線條，對應著不知東南西北的兩個方向。

這樣一看，倒不像是地圖了。

我和黎諾依面對這些亂糟糟的線條面面相覷，不名所以。

「總之，我先把這些線條圖片傳上當地的論壇，看有沒有人見過類似的圖案。」我找了春城當地幾個比較出名的論壇以及討論群組，上傳了圖片。

事情處理完後，我看黎諾依仍舊一副心事重重的模樣。又看了看窗外，早晨碰到她後，經歷了許多。現在日頭都已經偏西了。

我揉了揉她的小腦袋，女孩烏黑的靚麗髮絲，糾纏在我的指尖，摸起來很舒服。

「出去吃點東西吧。諾依，妳每次來春城都是急匆匆的，作為半個當地人，我晚上帶妳到處逛逛。」我提議。

黎諾依輕輕一笑，坐著的她微微抬頭，側臉輕笑的她越發美麗了：「你說的，可不要後悔喔。」

「我幹嘛要後悔？」我愣了愣。

女孩指了指我的後背：「你看看你身後。」

熟睡的守護女仍舊被捆在我身後，她似乎在生氣，周身散發著冰冷的氣質。我連忙尷尬地笑了笑，也反手摸了摸她的頭髮，哄小孩似的說道：「我帶妳們，兩個！一起逛。」

我加重了「兩個」這個詞的語氣。

守護女散發的刺骨寒意這才稍微一斂。這位黑長直的冰冷美少女，有時候我真搞不清楚她是不是為了賴在我背上，在裝睡。

披著晚霞的紅，我背上揹一個，身旁帶著一個。三人出了黎諾依的公寓，來到了步行街。

黎諾依乖巧地挽著我的手，嘴角噙著幸福的笑容。

「好久沒有像這樣跟你一起逛街了，略開心，略開心。」女孩不時湊過腦袋，順便刺激一下李夢月。

我身旁頓時有一陣沒一陣的形成了又冷又熱的微氣候。守護女被黎諾依氣得寒意凜然，讓每個不經意間經過我們的路人，都彷彿見鬼似的，渾身猛然打了個寒顫。

黎諾依很珍惜短暫的小美好，她不停地拉著我吃各種小吃，逛各種店。沒心沒肺地把失蹤的學姐拋棄在了九霄雲外。

在吃完某家出名的手提串串後，她拍了拍自己平坦的小肚子，滿足的長嘆一口氣：「吃飽了，一丁點都吃不下了。現在就剩下回家，抱著我男人睡覺了。」

我腦袋一串黑線飛過：「這句話，要在漫畫裡，大概已經豎旗了吧。」

黎諾依嘻嘻笑著，牽著我的手，看了看頭頂的天空。

天已經黑盡，一群壓得很低的雲從天幕飄過。被城市的射燈染亮，彷彿一個個獨立而又拚命想要融在一起的發光物。

「好久沒有見過大片的星空了。阿夜，哪天咱們倆一起去旅遊吧。就咱們倆。住帳棚，我替你用卡式爐做飯。就像，就像上次你跟我回老家那趟一樣。」女孩嘆了口氣。

我敲了敲她的頭：「烏鴉嘴。你們老家那次，可是整村人都險些死光。整個村子最後也毀掉了。」

「毀掉又怎麼樣。只要能跟你在一起，哪怕全世界都毀滅了，我們住在防空洞裡，都無所謂。」黎諾依看著餐廳外落地窗熙熙攘攘的人群，挨著我，將腦袋放在我肩膀上。靠了一下，就覺得守護女的腦袋很礙事，便伸出手想要將李夢月的腦袋推開。

我哭笑不得地看著一睡一醒的兩個女孩在為一腦袋的空間而較勁，心思卻飄到了春城的陰暗處。

春城看起來仍舊繁華，但是繁華下隱藏著某種不為人知的怪異。誰知道在這黑暗中悄然滋長的究竟是什麼。

而紅遍大江南北的共享單車，又在這些詭異事件中，充當怎樣的角色。

我安安靜靜地看著窗外，黎諾依終於在我的肩上爭取到了一席之地，舒舒服服地靠著，也不知道在想什麼。

突然，我漫無目的的視線猛地一凝。甚至連身體都僵了一僵。整個人的注意力，全都集中在步行街上的某一處。

黎諾依感覺到了我的身體變化，連忙抬起頭問：「怎麼了？」

「妳看！」我指著步行街一隅。

步行街原本是明亮的，但是再明亮的地方，也有陰暗處的存在。一道黑影偷偷地竄入了某個小巷子裡。

黎諾依沒看明白。

「追！」我立刻站了起來，讓黎諾依快點買單：「等一下我再解釋。」

用手機飛快結帳後的黎諾依被我拽住，追著那個鬼鬼祟祟的黑影，進入了小巷子中。

我的手緊緊拽著，用力到將女孩的手也拽痛了。黎諾依默默忍耐著，哪怕痛，哪怕好奇，卻忍著一句話也不說，一句話也不問。

我們就這麼，追著那黑影，一直往前走。直到小巷子的盡頭！

第七章　受害者聯盟

黑壓壓的巷子，很難想像在一個擁有一千多萬人的現代都市的市中心步行街上，還有那麼大一片老舊的建築物。

低矮的建築物，建於上世紀五六十年代，許多都還保留著磚瓦結構。狹窄的巷子，貼滿小廣告的電線杆和密密麻麻的各種纜線，將本來就不寬的天空遮蓋。越往裡走，光線越暗淡。

甚至最後只能借著磚瓦房內照出時有時無的燈光照亮。

但我和黎諾依追著那個黑影到了深處時，巷子也來到了盡頭。我們對面只剩下三公尺多的圍牆。圍牆呈現長方形，空間不大，一目了然。那個黑影早已不知去向。

「追丟了？」黎諾依百思不得其解：「我們明明跟得很緊，他是怎麼逃掉的？」

「妳在這裡等我一下，自己小心些。」我伸手探入口袋，摸到了偵探社配給我的手槍。神情凝重的慢慢走到了巷子盡頭的牆壁前，用手摸了摸。

磚石牆壁冰冷，觸手濕滑，彷彿讓我摸到了歷史的殘味。我繞著黑影失蹤的地方走了一圈後，皺了皺眉。

地上有一些瓦片的碎塊。

上去的？」

我抬頭看了看屋頂：「那傢伙恐怕是跳到瓦房頂上跑了。」

黎諾依倒吸了一口涼氣：「三公尺多的房子，周圍又沒有可以借力的地方。他跳上去的？」

「這個世界奇人異事挺多，憑空跳三公尺高的人恐怕也不少。妳看看我背上的李夢月，她的蠻力就是謎。一雙雪白纖細的手，就連空間壁都能打破呢。簡直強大得沒有道理。」作為正常人的自己，雖然從小就被詭異恐怖、怪異莫名的事件以及人包圍，但至今也依然對造成這些的人和物好奇不已。

甚至努力地想要憑現有知識系統去解釋。雖然大多都失敗了。

「那個黑影，是男的吧。」黎諾依不解地問：「你認識他？」

「不認識。」我搖頭。

女孩更加不解了：「那你追他幹嘛？」

「因為那個人很奇怪。還記得我今早跟妳講過的，老班長梅雨的故事嗎？」我問。

「當然記得。就是那個你小學隔壁班的班長。她周圍發生了奇怪的事情。」黎諾依眨巴著大眼睛。

「那個男人，我指給妳看了。妳記不記得他長什麼樣子？」

女孩搖頭：「我不記得看過他的正面。」

「那妳現在看看。」我掏出手機，打開相冊，找出一張照片。那是我剛剛偷拍的。

將照片放大，一個模糊的男性臉孔，赫然出現在眼前。

很難描述這個男人的長相。丟進人群裡，哪怕是和你擦肩而過，哪怕是撞到了你的肩膀，你都不一定注意到他。

「這個男人的臉，很普通。」黎諾依看了幾眼。

「很好。妳現在記清楚他的樣子了吧？」

女孩點點頭：「我對自己的記性還是很有自信的。」

「很好。」我將手機螢幕關掉：「那麼，妳回憶一下，他長什麼樣子？說說。」

「就是很平凡的模樣嘛，鼻子，那個那個。嗯！嘴巴……咦！」黎諾依用食指抵住下巴，驚訝不已：「奇怪，我居然忘了他的模樣了。」

「再來一次。」我打開螢幕，給他看剛剛跟蹤的男子臉孔。

「這次我完全記住了。」黎諾依認真地看了好幾眼。

關掉螢幕後，她再次苦惱起來：「咦，阿夜，我形容不出來。怪了，太怪了，難道我的腦子有問題？」

「有問題的不是妳，是他。」我瞇了瞇眼睛：「梅雨身旁一直都跟著一個陌生人，她見過他幾次，但從來沒有一次能記住那個人的模樣。從小到大，那個人，都徘徊在她身旁。」

「你認為，那個人就是從小到大，跟蹤梅雨的男子？」黎諾依問。

「沒錯。而且那個傢伙，一直在跟蹤我。但是由於他的臉部構造太過特殊，鑽了人腦的某個漏洞，所以讓人無法記住他的模樣。所以我也無法斷定，他到底跟蹤了我多久。」

「他跟蹤你幹嘛？」黎諾依大驚。

「我也不清楚。」我是真的不清楚：「不過，他跟蹤我是事實。而且現在暫時對我沒有惡意。」

黎諾依點頭：「確實，如果他真的有惡意的話。一個可以跳三公尺高的傢伙，怎麼想也足以在這個暗無天日的小巷子裡，對付一對弱不禁風的年輕男女，以及一個只能揹在背上昏迷不醒的蠻力女了。」

「走吧。」再待在巷子裡也找不到任何有用的線索，我和黎諾依回到熱鬧的街道上。

看看手機，已經快要晚上十點了。我們在步行街上漫無目的的瞎轉悠了一陣子。自己妄圖將那個跟蹤自己的不起眼男子勾出來。

但是他自始至終沒再出現過。

步行街，也逐漸開始沒多熱鬧了。

「回家吧。去你家還是我給我們買的小家？」黎諾依繞口令似的問。

我考慮了一下：「去妳的小公寓。」

「嗯啦。」女孩開心無比：「這個算不算同居的開始？當然，如果沒有你背上那個電燈泡的話。」

某個熟睡的電燈泡開始冒出想要殺人的凌厲寒意。快要習慣這種致命寒氣的黎諾依滿不在乎的調侃：「天氣開始熱了，還有空調吹。真好，節省電費。」

說完還故意朝李夢月靠了靠。

守護女在我背上被氣得抖了好幾下，害得我以為她快要醒過來了。

「好啦好啦，別把她真的氣醒了。」我安撫地反手拍了拍李夢月的腦袋，又揉了揉黎諾依的頭。

三人一起回到了步行街旁的小公寓內。

黎諾依稍微收拾了亂七八糟的小公寓，小空間頓時變得溫馨起來。

「我幫她洗澡吧。夢月妹子幾天沒洗過澡了吧？」女孩蹦蹦跳跳的跑過來自告奮勇。

我點點頭，自己一個大男人也確實不怎麼好幫李夢月洗澡。最多就是這幾天隨便幫她洗洗頭擦擦臉，沒別的了。

守護女雖然昏迷不醒，新陳代謝遲緩，但也確實該好好洗一下了。

我找了個凳子坐在浴室外，將李夢月從背上放下來。抓著她的右手。黎諾依將她拽進去，關了門。

磨砂的玻璃門裡，傳來了水聲，和兩個女孩美好酮體的輪廓。

黎諾依幫李夢月洗澡洗得很興奮。摸摸這裡、摸摸那裡，一個人在那裡嘰裡呱啦個不停。我抓著的守護女的那隻手，傳來的全是憤怒的冰涼。

李夢月真的哪一天醒過來，恐怕活剮了黎諾依的心都有。

旖旎的澡洗了不短的一段時間後，裹著白色浴巾的兩個女孩才從浴室，一個走一個被扶著出來。

「轉過去，我幫夢月妹子穿衣服。不要偷看喔。」黎諾依笑嘻嘻的，一臉勝利的表情。

她窸窸窣窣的幫守護女穿好後，又慢吞吞的幫自己也穿了一套睡裙。剛想打趣幾句，突然，我的電話急促地響了起來！

我看了看來電顯示，居然是上個事件的冷美人夏彤。

「夏美女，妳好。找我什麼事？」

接通後，夏彤冷冰冰的聲音傳了過來，她語氣古怪地問：「夜不語，你是不是在春城本地論壇上發過文？」

「妳怎麼知道？妳看到了？」

夏彤話音一頓：「你去看看回文吧，看完的時候再回個電話給我。」

說完這，她又補充了一句：「梅雨姐現在和我在一起。她又遇到怪事了，有些受到驚嚇。她今天遭遇的那件事，或許和你發在論壇上的圖案有關。」

沒等我接話，冷女人已經掛斷了電話，乾脆俐落。

「誰的電話？」黎諾依看著我：「你不會又招惹上什麼爛桃花了吧？一個你已經有兩個人準備分，早就分不夠了。」

我哭笑不得：「上次事件遇到的女孩，我跟她沒什麼關係。先到本地論壇看看吧。」

自己打開電腦，找到了下午發帖的論壇。

論壇上有許多留言，大多數是鍵盤黨在大罵我無聊搞懸疑。但是一些人的回覆，倒是有些意思。好幾個網友說類似的線條，彷彿在哪個地方看過，有些眼熟，可惜一時間想不太起來。

可最後邊一個留言，引起了我的注意。或許夏彤正是看到了這個，才打電話給我。夏彤之所以知道是我發的帖，其實也很好猜測。

我在論壇上故意用了真名「夜不語」。這個名字很少有人用，一目了然。認識我的人，自然知道是我。不認識的人，也不過會認為只是個網路ID罷了。

自己本就想要引起有心者注意，但沒想到引來了夏彤。但是夏彤，跑到本地的小眾論壇來幹嘛？本地論壇從來不聊什麼家國大事，反而本地八卦多一些。看那冷美人的模樣，不像是個愛看八卦的人才對。

難道人不可貌相？

不對，她剛說，梅雨遇到了怪事，和她在一起。怪事，甚至和我發的圖案有關。

我眯著眼睛，總覺得事態的發展越來越朝著詭異的方向駛去。秉承多想無用的心態，我冷靜再冷靜後，仔細咀嚼最後一個留言。

留言很短，是一個網路ID叫「留一把」的人留下的。上邊寥寥幾個字：「我知道這幅線條的意義。我也遇到了麻煩事情，有相同遭遇的很多。我們這些受害者成立了一個互助會微信群，如果你也是受害者，請打電話給我。」

後邊留了一串電話號碼。

我和黎諾依對視了一眼，各自從留言中分析出了巨量的資訊。

「阿夜，有點不好搞啊。看來鄭美學姐陷入的糟糕狀況，比我想像的還要糟糕。」

黎諾依在房間裡踱了幾步。

我點頭：「受害者居然不止一個。那些受害者究竟是怎麼對應這幅圖案的？這幅線條圖，如何讓他們成為受害者？這些都是問題。所謂受害者，必須要利益受損，或身體受損、或物質受到侵害。難道他們通通都在某種形式上，失去了什麼？」

綁架鄭美的傢伙留下的圖案，果然深意很沉。

「先跟那個人聯絡上再說。」我撥了論壇留言者的電話，很快，手機就有人接了起來。

「你好，哪位？」

說話的是一個成年男子，年紀不大，大約二十歲左右。聲音略有些尖，不怎麼好聽。

「你好。我是下午發文的夜不語。」我儘量用平穩的聲音說：「你是留一把先生嗎？」

「對，那就是我的網路 ID。夜不語先生。」留一把的聲音莫名其妙地有些激動：「夜不語先生，你是怎麼弄到那幅圖的？」

我沉默了一下。

電話那邊的留一把自顧自地為我開脫起來：「喔，我知道，我知道了。你對我還不信任。也對，畢竟大家都經歷過那件事，不信任也是應該的。一個不小心，說不定就會神隱了。」

神隱？我眉頭皺得老高，這個城市因為那幅圖案，還失蹤過人？失蹤了多少人？

「放心，我不會強迫你說的。」留一把突然問：「現在幾點了？」

「快十一點十分了。」我看了看牆上的鐘。

「你離楊柳巷遠不遠？」他又問：「十二點之前，能趕到嗎？」

我立刻示意一旁的黎諾依叫計程車，看手機 APP 上顯示的預定到達時間為十一點五十時，點了頭：「應該到得了。」

「那你儘量在十二點之前到楊柳巷六十六號。晚了就不用來了，為了生命安全，我們不會開門的。」留一把準備掛電話。

我連忙問：「為什麼十二點之前，一定要到。」

留一把嘻然道：「那是我們許多人用生命換來的經驗，十二點到十二點半之間，在特定的地點，那冥冥中的眼睛，就不會盯著我們。」

末了還森然地補充了一句：「兄弟，千萬記住。不要騎共享單車來。」

說完這句，他也沒再多囉嗦，俐落地掛掉了手機。

我又和黎諾依對視一眼，都在對方的眼神裡讀出了震驚。事態的發展，越發的出乎意料了。春城的黑暗處，究竟隱藏著什麼？

我們急忙的收拾了一下，帶了些能保護安全的東西。之後坐上叫來的計程車，要司機加快速度朝楊柳巷六十六號駛去。

坐在車上，我在手機裡輸入了楊柳巷的地圖資訊。黎諾依湊過腦袋看了一眼後，大吃一驚：「阿夜，你看楊柳巷和我前些日子跟鄭美學姐去的那片廢樓，兩者的地理位置非常近。」

我默默道：「看來我們這次找對方向了。留一把這傢伙所謂的受害者聯誼會和鄭美的失蹤，一定有關聯。」

手機上的時間，在以非常灼熱的速度流失。留一把要我們在十二點前趕到楊柳巷六十六號。在我主動加錢的動力下，計程車司機開車開得飛快。從城中心到城郊，居然只用了不到二十分鐘。

沒想到的是，在一條幽深黑暗的巷子口前，車，停了下來。

「兄弟，再往前就走不了了。車沒辦法開進去。」司機用打商量的語氣：「這條巷子你們直走，走大約三公里多，就能到。」

我看了看手機。已經凌晨十一點三十五了。人類的極限走路速度，是平均每小時五公里。如果用走的，在這坑窪不平黑暗無光的破舊巷子中，一小時能走三公里多就算不錯了。

用走的，肯定來不及。

黎諾依在後座將手機探到駕駛座：「大哥，你從這條路轉過去，到楊柳巷不就只有兩百公尺嘛。」

司機低頭看了一眼導航地圖，當看清楚路線時，臉「唰」的一下煞白起來。他慌張的擺手：「不去不去，這條路不是公路。雖然也能走車，但春城沒有一個計程車司機敢去那鬼地方。」

他壓低了聲音：「兄弟，還有這位美女。那片廢墟，我跟你們說，它鬧鬼啊。有一次我在那兒接了一個人，結果他在車上正跟我話家常呢，突然就消失了。我車速八十公里，跳車的話，路上怎麼也會留下一具屍體嘛。」

我沒怎麼聽下去，開夜路的計程車司機，哪個沒有一肚子的恐怖故事。大多都是用來添油加醋給乘客排解無聊的。

但這個司機，顯然不願意載我們走近路，而且只願意開到這兒。甚至還指著不遠處的兩輛紅色的單車：「兄弟，總之我車就只停這裡了。再深一點，我不願去。哪怕你在手機上給我負評。你看那不是有兩輛共享單車嗎，你們嫌遠的話，可以騎單車去。」

看著那兩輛隱藏在黑暗中的紅色車體，我和黎諾依不由得打了個冷顫。

沒辦法，再堅持也不過是浪費時間。我們終究從計程車上走了下來，來到司機所謂的最近的路線前。

黑漆漆的巷子口，散發著污水的氣味。巷子兩旁低矮的平房裡，居住的人很少。整個破舊的社區，都彌漫著不祥感。

今晚沒月亮，星空也不算璀璨。黎諾依看著黑暗中的幽深巷子，隱隱有些害怕。

「要不，騎共享單車？」女孩偏頭建議：「不然時間上來不及了。」

「留一把說過，絕對不能騎共享單車。」我皺眉：「而且春城的共享單車，我也不太信任。總覺得這些共享單車裡隱藏著某種可怕的秘密。」

「那我們真走著去？來不及啊。」黎諾依沒轍了。

「噓，我有辦法。」我偷偷摸摸的瞅了瞅巷子裡一戶人家門口：「那裡停了兩輛破爛自行車，我們小聲些，騎那兩輛車過去。」

「偷車，嘻嘻，好啊好啊。」女孩一臉唯恐天下不亂的興奮。

「是買。」我敲了敲她的腦袋。心裡估算了一下兩輛破爛自行車的價格後，將幾百元大鈔塞進了主人的門縫。

掏出工具三兩下將鎖打開後，我和黎諾依一人一輛車，迅速地朝巷子深處趕路。

巷子非常陳舊，應該和幾天前黎諾依以及鄭美去廢樓時路過的平房區屬於同個地方。沒有排水系統的老房子，各家各戶的污水排放都靠巷子裡的坡道借著重力排出，可想而知味道有多臭。

再加上夏夜的雨浸泡過，那氣息就更加的無法形容。

我和黎諾依都快要被臭得窒息了，可哪怕再臭，也只能加快速度使勁兒的踩腳踏車。藉著手機的閃光燈照明，兩輛自行車，猶如黑暗大海中破開風浪的小船。

偷來的自行車非常破舊，至少也有二十多年的歷史。除了車鈴不響，任何地方都在發出「咯嘰咯嘰」的響聲。非常難騎。

三公里的距離，比想像中更加遙遠。

好不容易加速再加速，我們才趕在凌晨十二點前，來到了約定的地點。

楊柳巷六十六號，也不過是一個不起眼的平房罷了。我謹慎地將耳朵貼在門上聽了聽，裡邊靜悄悄的，完全聽不到任何聲音。

自己摸了摸下巴，再次環顧周圍的環境一眼，沒發現異常後。這才敲響了房門。

很快，就有人的腳步聲從裡邊傳了出來。

第八章 消失的單車們

門裡的人停在門前，並沒有貿然打開門。他低聲問：「是誰？」

「我是夜不語，發文的那個。」我同樣低聲回答。

「喔，夜不語先生，你很準時。」聲音是通過電話的留一把。他小心翼翼地把門扯開一個極小的縫隙，朝外看了好幾眼：「沒騎共享單車來吧？」

「沒有，騎的是兩輛破車。」我後退一步，將買來的兩輛自行車給他看。

留一把這才放心些，將我們請了進去。

楊柳巷六十六號的平房裡，滿是黴臭味，應該是空置了許久。留一把從頭到腳仔細的觀察了我和黎諾依一番，他對我背上揹著的守護女和黎諾依的美貌有些吃驚。

「你背上揹著的……」留一把指著昏迷的李夢月。

我嘆口氣，「一言難盡。」

這傢伙居然自己補全劇情：「難不成她也是共享單車的受害者。」

「是！」我斬釘截鐵的撒謊。

留一把一臉同情：「看來她已經非常危險了。」

他將我們領到裡屋。屋子裡還有一男一女兩個人。

「人都到齊了。」留一把看了看時間，差幾分鐘就到凌晨十二點了。他要我們在房間裡找地方坐下，環顧四周後，嘆了口氣：「群裡三十幾個人，最終只剩下我們這三個了。夜不語先生一行是新人，今天才聯絡上的。」

屋裡那一男一女頭也沒抬，心事重重地想著什麼。

「我們大家不問來歷，在現實中用的還是群組裡的網路ID。」留一把指著那兩人：「他們算堅持的久的。那個帥哥叫『扛得住』，那個美女叫『海貨』。」

我皺了皺眉，「你說他們算堅持得久的，是什麼意思？」

留一把有些驚訝：「看來你什麼都不知道？」

我微微點點頭：「知道得不多。」

「那你那幅圖是怎麼找來的？」留一把問。

我猶豫了一下，將鄭美的事情有所保留有所改動的說了一遍。

留一把摸了摸下巴，明白了：「你的意思是說，是一個叫鄭美的小姐將你們帶到了極點，所以你們都被詛咒了。」

「極點？」我眨巴了下眼睛，沒明白。

「就是你嘴裡的那棟三層廢樓。我們所有人的厄運，都是從那個鬼地方開始的。」

留一把又嘆了口氣。

就在這時，門外又傳來了敲門的聲音。

留一手敲了敲腦袋，「今天還有兩個新人聯絡過我，她們的時間掐得真準。」說著就去敲門。來人掐在凌晨十二點前的最後一分鐘進了屋子，剛一到內房的門口，我就愣住了。

來的兩個人，居然是老班長梅雨和夏彤。

我正要站起身，夏彤遞了個眼色過來，示意我裝作不認識她們。怪了，這兩個女孩到底想要搞什麼？

梅雨的精神很不好，眼皮子耷拉著，整個人都需要夏彤攙扶。她們在離我比較遠的位置坐了下來。夏彤自我介紹道：「我叫夏空，我朋友叫梅花鹿。我們都是共享單車的受害者。」

我險些笑場。這兩人取名的天賦很低。不過夏彤的後一句話卻讓我非常在意，她們今天一大早才跟我分開，怎麼才一個白天的功夫，就變成了什麼共享單車的受害者？

「在場的，都是受害者。」留一手苦笑道：「梅花鹿和夏空小姐，妳們是怎麼成為受害者的？」

夏彤簡單的回答：「前幾天我們準備騎共享單車的時候，手機解鎖介面突然彈出了一則很長很長的協議。我們沒細看，就點了確定。之後，就經常發生怪事。甚至梅花鹿，她身上，她身上還出現了詭異的變化。」

我頓時皺眉。夏彤在撒謊。她和老班長梅雨幾天前一直都跟我在一起，什麼時候騎過共享單車了？可這女孩，她撒謊的目的是什麼？

怪！太怪了。只不過一天不見，夏彤和梅雨就彷彿變陌生了般，隱藏了滿滿的秘密。

「妳們知道為什麼自己會遭遇可怕的事情嗎？」留一把問。

夏彤搖頭。

留一把看向我，「看來你們似乎也迷迷糊糊的搞不清楚，那麼，我就透過自己的經歷，來告訴你們一切吧。詛咒的真相，可能比你們想像的，更加可怕。」

我努力分析著留一把說的這番話。他提到了詛咒，但不清楚這個人嘴裡的詛咒，和黎諾依身上的「不能回頭，回頭就會死」的詛咒，是不是同一種。

但很清楚的是，這些人自稱是受害者，所有人都認為自己的受害原因是共享單車。

在這空寂的老舊平房中，留一把略帶尖銳的男性聲音緩緩響起，充斥整個空間。

「一切，都要從一個月前開始說起。」

留一把回憶著，臉上流露出痛苦。

一個月前，受害者聯盟群組的名字還不叫受害者聯盟。而叫做暴騎團。

所謂的暴騎團，和一直以來的大爺大媽公路暴走團差不多性質。只不過暴騎團是共享單車興起後才逐漸出現的，獨屬於年輕人健身方式。

具體來說，就是一大堆年輕人，晚上九點開始在某地點集合後，隨意尋找和人相同數量的共享單車。之後，騎車遵循固定的路線騎一圈。然後各自回家。

人畜無害的健身方式，隨便怎麼想都挺健康的。畢竟現在每個城市都有相當數量的自行車綠道。而留一把等人的暴騎團也遵循著健康第一、安全第一的規則，從來不會騎到汽車道上去。

所以春城最近雨後春筍般出現了許許多多類似的暴騎團。留一把所在的暴騎團人數不多，只有三十來個。

原本大家騎車相安無事，騎累了還會一起吃宵夜。直到有一天，留一把的朋友，暴騎團的副團長神秘兮兮地給大家看了一款手機APP。

「這款APP，能賺錢喔。」留一手至今還記得那一天，那天，就是他們所有人厄運臨頭的日子。副團長壓低了聲音，讓大家看自己的手機螢幕。

螢幕上有一張地圖，打開手機定位後，就能顯示出自己的位置。

現在想來，留一手覺得九點的夜風，在那一晚也嗚咽得特別淒厲。

副團長解釋，「這個APP很簡單，只要順著特定的路線騎共享單車，第一天能得到五塊。第二天十塊，第三天十五塊。只要堅持下去，每天都能比前一天多得到五塊。你們想想，三百六十天後，每天就有一千七百五十塊，還上班幹嘛。」

他的解釋在所有人中都轟動起來。

有人問：「我騎車，它幹嘛還給我錢啊？」

「我自己已經確認過了。這兩天我不是沒有參加咱們暴騎團嗎？主要就是驗證這款 APP 是不是真的。我騎了兩天，賺了十五塊。」副團長得意道：「嘿嘿，肥水不落外人田，今天我實在忍不住，就跑來跟大家分享。」

留一把也有些疑惑：「根據經濟原則，它給我們錢，那又靠什麼賺錢呢？」

副團長想了想，「我猜，你看現在哪一款手機 APP 沒有前期補貼嘛。說不定它現在就是補貼階段，圈粉後用的人數多了，自然有盈利變現的大把機會。現在既然他們肯給錢，我們幹嘛不賺。賺一點是一點，何況，咱們暴騎團每晚也不過是集合在一起騎車。根據它給的路線也是騎車。賺錢鍛鍊兩不誤。」

大家都覺得他說得很有道理，於是紛紛在副團長的解說下，到某個網址上下載了那款願意給錢讓人騎車的軟體。

聽到這兒，我打斷了留一把的講述。

「你還記得下載地址嗎？」我問。

留一把想了想：「那個網路位址很怪。APP 也怪得很，沒名字。甚至無法在各大應用商店找到。必須要用手機網路流覽器打開，輸入的網址，不是 HTTP 開頭，也不是 WWW 開頭。是一串特殊的彷彿沒有意義的符號。」

我皺了皺眉：「你們上了暗網了。那款 APP 是從暗網下載來的。」

「暗網？」留一把沒聽懂。

「暗網每個城市的網路深處都存在，不被政府監管，上邊全是些不能曝光的黑暗東西。」我解釋後又問：「進入那款 APP 後，有發現什麼特別之處沒有？」

留一把搖搖頭：「沒什麼特別的。進入後就是一張地圖，有一些線條勾畫在道路上。」

我渾身一抖，突然明白了綁架鄭美的傢伙留下痕跡的意義。自己將手機掏出來，把發文時用的線條圖找出後，給留一把看：「APP 地圖裡的線條，不會和這張照片上的一模一樣吧？」

留一把默然，點頭：「夜不語先生，你知道我為什麼看到帖子後，要你立刻聯絡我了吧。」

我臉色有些發白。原來如此，原來如此。原來那些像是某種地圖的線條，果然是地圖的一種。它屬於導航路線圖。

我瞭解了需要瞭解的部分後，示意留一把繼續講。

留一把也有貪小便宜的心態，其實暴騎團的人都是年輕的普通人，沒什麼錢。他覺得既然能騎車還有小錢賺。甭管那錢能拿多久，總之騎一天拿一天也是很賺的。多騎一兩個月，說不定都能買一隻新款的蘋果手機。

所以在副團長的幫助下，將沒有名字的 APP 下載下來。期間也懷疑過為什麼 APP 既然都花錢推廣了，卻居然連名字也沒有。

註冊APP很簡單，甚至不需要真實的名字，只需要一個存款帳號就行。進入APP後，介面也只是一幅地圖，沒多餘的東西。

地圖中間有一個圓圈，裡邊寫了「Go」。應該是開始按鍵。

留一把試著按了Go按鍵，螢幕彈出一行提醒：「當前位置不符合，請先騎行到極點。」

「極點的意思，就是初始位置。」副團長招呼著大家跟他走：「想要賺錢的，機不可失失不再來。跟我騎車開始金錢之旅吧。」

暴走團有賺錢意思和沒賺錢意思單純覺得好玩的人，都跟著他走了。一行三十來人，在夜晚浩浩蕩蕩，都騎著紅色的共享單車也算是別有一番滋味。

隨著朝郊外越騎越遠，有人回過味來：「副團長，這個位置，該不會是去那片廢墟吧？」

「對啊，就那地方。」副團長直言。

「據說那裡鬧鬼啊！」有人害怕起來。

他的話倒是令荷爾蒙分泌旺盛的年輕人開始起鬨：「這世上哪有鬼。我聽說過那廢墟，不過是建商資金出問題跑路後荒廢罷了。」

俗話說人多膽子就大。三十多人說說鬧鬧，即使是膽小的，也不覺得害怕了。他們來到廢樓下，所有人手機APP上本來灰色的Go按鈕，終於有了顏色。

血一般的紅，彷彿一隻吸飽了血的蚊子被打死在螢幕上。

「極點到了，我們可以開始掙錢了。」副團長喜上眉梢，率先按下了GO按鈕後，等著大家操作。

留一把按下了按鈕。螢幕突然彈出了一大串的協議，大意是騎車可以賺錢，但是必須根著地圖上每天亮起的紅線騎。每多騎一天，就會在前一天的基礎上多賺一塊錢，沒有上限。

大致上和副團長解釋的差不多。留一把沒什麼耐心，只是習慣性的將長長的協議拉到了最底下。猛地，一行粗大的紅色警告字體，映入眼簾。

它就顯示在同意上方，「警告」兩個字，非常顯眼。

「警告，這款遊戲沒有退出機制。乙方每天都必須在九點半前來到極點按照給出的路線騎行，風雨無阻。因中途退出，遭受的嚴重後果，乙方自行承擔。」

大部分人都看到了警告，但是人的本性使然，對無法和自己產生直接物理關聯的東西缺乏警戒心。包括留一把，也將警告當成了玩笑，心想自己中途退出能幹嘛？用的是網路暱稱，留的是網路銀行帳戶。哪怕自己哪天不想騎了，APP公司也沒有任何真實的資訊能找到。

頂多就是不再給自己錢而已。

嘻笑著，所有人，都點了同意。

每每想到這兒，留一把都後悔不已。他覺得自己太年輕太輕率了。這個世界有些事情，哪怕不需要真實資料，它都會將噩夢般的災難降臨到你頭上。畢竟，它從一開始想要的，就是你的，命！

點下同意鍵後，歪歪扭扭地圖上的灰色線條，有一根亮了起來。看看距離，不遠，只有兩公里多。一行三十多人玩鬧著，花了十多分鐘就騎完了。

當他們從紅色線條的一端騎到終點時，每個人的手機都彈出了簡訊的聲音。網銀帳戶入帳了現金五塊。

五塊錢不多，但足以令所有人沸騰不已。他們覺得，自己真的找到了一條賺快錢的捷徑。靠騎車就能賺錢，誰想得到有多輕鬆啊！

就這樣，每天他們都按照 APP 的要求，在晚上九點半前來到廢樓開始騎車。風雨無阻。每天，APP 亮起的紅線，都會多一截。那亂麻般的路線，終點歪歪扭扭的彎向了春城另一端的郊外。預估要三十幾天，APP 才會亮完全程。

快樂的賺錢之旅，直到其中一個人因為有事請假才戛然而止。

那時候留一把等人已經連續騎了十幾天。每個人每天都有十多塊錢的進賬，錢不多，但越騎大家越有盼頭。當天在暴走團群組中請假的叫老巴，一個話挺多的年輕人。聽說他母親住院了，他要去醫院照顧。

那晚的九點過後，在 APP 路線的起始點，在那棟廢樓下方。原本和藹親切的副團長，聽到老巴請假，臉色頓時變得慘白。

他不停打電話給老巴，但老巴對他的強硬很反感，最後還是缺席了那晚的騎行賺錢活動。

第二天，第三天，老巴都沒有來。所有人都以為他只是在照顧母親。可直到他的親人聯絡到跟他比較要好的暴騎團成員時，大家才知道。

老巴，失蹤了。

就在缺席騎行的那晚，他騎了一輛共享單車出去幫生病的母親買宵夜。一去，就再也沒有回來。家人報了警，警方調閱了監視系統後，發現老巴騎車去了西郊。

「至今，警方都還沒有找到老巴。他彷彿人間蒸發般，不見了。」講故事的留一把點燃一根菸，抽了兩口，覺得沒什麼味道，又將菸頭熄滅了。

煙味輕輕地彌漫在屋子裡，猶如籠罩著城市的詭異，揮之不去。

「剛開始，大家還沒察覺不遵守那款APP規則的嚴重性。誰不會臨時有點事情呢，人，大多數就不是善於堅持的動物。APP每天給的錢又不多，不願意堅持的人，自然也沒有堅持的意願。」

留一把嘆了口氣。

APP上的路線，一天比一天長。剛開始是兩公里，三公里，五公里，許多人還能嘻嘻哈哈的堅持。十五天後，每晚騎行的距離長達十公里以上，騎沉重的共享單車十公里，騎得慢的，需要一個多小時。

而且，每晚的騎行距離，還在不斷加長。每晚九點半開始騎，要接近十一點才騎得完。很快，就有人不願意為蠅頭小利堅持了。

每一個在暴騎團裡請假放棄的，副團長都會莫名其妙緊張的勸說一番。請假的人鐵了心不願意回去繼續騎車。畢竟人的膝蓋不是鐵做的，騎車騎多了，膝蓋也會磨損。

無一例外，每個沒有繼續跟著APP騎車的團員，都沒有再來過。他們全都，失蹤了。

三十多個團員，最終堅持留下來的，不足十三人。

下載APP的第十八天，終於有人覺得不對勁了。團長土蟲利用週六的早晨，將留一把等十多人叫到附近的茶餐廳裡碰面。

「團長，副團長怎麼沒來？」人到齊後，有人疑惑地問：「還有還有，咱們好像是第一次在白天聚會吧。」

團長點頭：「副團長我故意沒叫他，我覺得他，有問題。」

「什麼問題？」其中一人奇怪地問。

「我也不清楚他有什麼問題。但是，咱們暴騎團，現在問題大了。」團長沉默了一下：「昨天下午，有員警到我工作的地方找我做了筆錄。」

眾人都吃了一驚：「你幹了什麼？」

「我沒幹壞事。你們大家都不覺得奇怪嗎？」團長環顧四周一圈：「原本我們團有三十一個人，你們現在數數，現在還剩多少個？」

反應慢的真的數了一遍，大驚失色：「團長，你把所有人都叫來了嗎？怎麼只有十二個？其他十八個人哪裡去了？」

「這就是警方找我的原因。其他十八人，全都失蹤了。他們失蹤得非常詭異，警方也找不出線索。唯一的關聯便是，他們都是我們團的團員。」團長深吸一口氣，他的聲音裡全是恐懼：「警方讓我想想這十八個人，之前有沒有什麼異常。他們能有屁的異常啊，該吃吃，該睡睡，前一天都還樂呵呵的，第二天就莫名其妙的失蹤了。這算什麼事！」

留一把等人聽了團長的話，也開始怕起來。他們暴騎團，竟然有十八個人失蹤了。一直以來，這群年輕人都認為，人在都市中神秘消失，只會出現在都市傳說中。現在真真實實的發生在自己身旁，反倒難以接受。

「我叫大家來，就是希望大家回憶一下，團員們為什麼會失蹤。為什麼是我們團裡的人失蹤？我問了好幾個類似的暴騎團，那些團體都沒異樣。也就意味著，我們團內，有某種神秘的力量，將十八個團員，全都神隱了。」團長一個接著一個地看向所有人。

留一把打了個冷顫，他想到了些東西，聲音發抖地問：「團長，你為什麼沒有叫副團長。你為什麼覺得他，有問題？」

團長看了他一眼：「你覺得呢？」

留一把咬牙道：「難道是那款APP有問題？我記得失蹤的十八人，全都是請假不願意再跟著APP地圖騎行的人。」

眾人同時都冒起了一身的雞皮疙瘩，寒意從腳底竄了上去，一直爬到脊背。

「對，我想起來了。那款APP從第一天就警告我們，遊戲期間不准中斷，一天也不行。否則，後果自負。難道後果就是……死？」有人抱頭大叫：「哇，我可不想死。為了一天幾塊幾十塊錢，結果把命給送了，這太可笑了！」

團長搖頭：「也許，他們沒死，只是被做這款APP的傢伙綁架了。」

這番話，或許連他自己都不太相信。

「副團長有重大嫌疑，要不要我們現在，去他家把他抓起來逼問？」有個團員恨得咬牙切齒：「畢竟就是那混蛋，把我們拖進來的。」

「這些都只是我們的猜測，如果真跑去抓他，副團長報警的話，我們反倒會被抓起來。」留一把反對：「現在，我們無法理清楚團員的失蹤和那款APP之間，是不是有必然的關係。退一步講，如果缺席晚上的騎行活動，就會導致自己神秘失蹤的話。那麼被抓最大的災難，就是如果被拘留了，沒辦法再騎車。」

「但是如果被抓了反而好，有警方的保護，APP的製作者怎麼來抓我？」另一個團員說。

團長搖頭：「我們沒辦法賭。畢竟前十八個團員到底是怎麼失蹤的還不知道，而警方也至今還找不到人。」

他讚賞地拍了拍留一把的肩膀：「還是留一把的分析比較正確，這也是我沒叫副團長的原因。我有一個計畫。」

「今晚我們照常騎車，但是，在騎行到最終段的時候，我會做一個實驗。」團長握住拳頭，毅然道：「那款APP不但讓我們每天騎行，還要求我們按照規定的路線騎車。我會在最後一段，偏離路線，看看最後會發生什麼。」

「如果我什麼事情都沒有，那麼團員的失蹤和APP就沒關係，我們再繼續尋找原因。」說到這兒，他頓了一頓：「如果我真發生了不測，希望大家立刻逮住副團長，逼他說出前因後果，以及如何退出APP遊戲。」

人類有從眾心理，畢竟不是每一個人，都能成為英雄。大家為團長的自我犧牲精神所折服，但沒有人真正想過，自己將要面對的，是如何可怕的經歷！

那一晚，是每一個參與者，一生揮之不去的，噩夢！

第九章 岔道驚變

世界上最簡單也最難的事情，就是發表意見。

人多了意見就雜了，所以許多大事小事，人一多往往都成不了。但如果這時候出來一個領導型的人物，排除眾意，再加上一些悲涼的自我犧牲精神。在生還是死亡的選擇題下，平日裡一盤散沙的人們，往往還是能聚沙成塔。

當晚的九點過，暴騎團剩餘的十二個人，以及副團長，通通按時來到廢樓前。這三樓高的廢棄樓房隱匿在黑暗中，陰森可怕。特別是早晨聚會時，眾人被點醒，知道自己的團隊中有某種致命的東西在蔓延。

所以今晚，每個人看著所謂的「極點」時，都忍不住恐懼。

副團長看起來人模人樣，彷彿什麼都不清楚。他和每個人都寒暄了幾句，自顧自的點開了那款無名APP。

留一把多看了他幾眼。不，不只是他，所有人都多看了他好幾眼。他們想看看，這傢伙究竟擁有多麼殘忍的心，才會將自己的團員送進死亡陷阱，自己還滿不在乎。

「今天怎麼氣氛有些不太對。」副團長撓撓頭：「挺壓抑的。大家都怎麼了？」

副團長的感覺異常敏銳。

團長笑呵呵的搖了搖頭：「沒什麼，可能連續騎了許多天的車，都累了。」

「說起來，我也有點累了。」副團長撓撓頭，沒再多說什麼。

手機的時間剛跳過九點半，所有人都打開了那款致命APP。今晚地圖上的紅線，又增加了一段。仔細看了看距離，大約要騎行十五公里。

彎彎曲曲的紅色導航線，猶如一條隨時會咬你一口的毒蛇，盤在螢幕上。被廢墟中的冷風一吹，許多膽小的人頓時打了個寒顫。

他們越發的害怕起來，怕得想趕緊回家，將腦袋躲藏在被子裡。如果能逃過這一劫，或許大部分人，這輩子都會對單車敬而遠之。

可人世間，哪有那麼多也許。

十三個人，開始沉默地騎車。他們穿行在荒涼、闃無人煙的廢墟裡。幾公里後，他們拐入了骯髒的小巷子中。又過了幾公里，他們進入了城市最陰森的貧民區。之後一路朝著西邊騎行。

導航路線的前幾段，雖然已經騎過許多次了。但從前的每一次大家都是在嘻嘻哈哈中度過，沒有怎麼仔細看路。

這一次安靜地騎車後，下意識地注意周圍的風景。留一把才驚訝地發現，路線帶著他走的全是城市最恐怖最骯髒、最陰暗的危險區域。而且，他還在不停地繞著一個又一個的圈。

共享單車騎入圓圈路線後，通常都會繞行四圈，之後如同受到離心力被甩出去般，直行一段距離。隨之又會進入另一個圓圈路線裡，再繞行四圈。

一路上，他們會騎五六個圓圈路線，每個圓圈，都會騎繞四次。怪了，這算什麼？難道路線並不是沒有意義，而是有某種蹊蹺？

留一把越是往前騎，越是心驚膽戰。他突然覺得，開發這款APP的人，像是在利用他們以及他們的自行車，在地圖上寫著畫著某種有規律的圖案。

僅僅只是猜測，也令留一把毛骨悚然。

一眾人四處穿行，期間沒有一個人說過話。終於要到今天的終點時，來到了一條郊區的大路上。路兩旁長著歪歪扭扭的行道樹，那光禿禿的枝椏，在月光下，活像是一隻隻乾枯的爪。

樹枝留了一地的樹影，猶如無數的爪子，想要抓住在它身體下騎行的所有人的靈魂。看得人不寒而慄。

大家，都在默默等待著。

副團長果然察覺到了異常：「今天大家都挺安靜的，是不是發生了什麼，瞞著我？」

「沒什麼。真的。」團長死盯著手機螢幕，卡在共享單車手把上的手機騎行架上的手機，那條代表路線的紅，正在朝著今天的終點，緩慢爬行。

還有一公里。再前方五百公尺的地方，剛好有一條，離開路線朝右拐的岔路。

「就這裡了。」團長一邊想，一邊暗暗地給除了副團長外的所有團員發了訊息：「我就在前方五百公尺的地方，偏離路線。如果有意外的話，抓住副團長！」

近了，越來越近了。哪怕頂禮共享單車比普通自行車難騎、也很沉重，但仍舊比走路要快得多。五百公尺的距離，在所有人的感官中，既稍瞬即逝，而又長得可怕。

那條岔道，終於到了。

團長一咬牙，轉動車把手，將車騎進了岔道裡。手機螢幕突然跳出了「滴滴」警告聲，警告他已偏離路線。

甚至 APP 上還用紅色的大字彈出這麼一句話：「乙方，你已經偏離了騎行路線。將造成嚴重後果。後果自負！後果自負！」

團長沒理會他，甚至乾脆的將手機關了。大家吊著心，看著團長往錯誤的地方騎行，所有人都減慢了速度。

副團長驚叫道：「團長，你走錯路了，快回來！」

留一把恨恨地看了他一眼，副團長一臉慘白，比任何人都驚恐。

團長默不作聲地往前繼續騎，但是他在進入了岔道後的三十公尺處，突然，停了下來！

沒有任何徵兆，團長竟然在所有人面前流下了眼淚，他一邊哭，一邊全身發抖。

黑暗中，隔了三十幾公尺，他一個人哭個不停。

「我後悔了，我要回來。我要回路線上，我每天都按照路線騎車。嗚嗚。」團長歇斯底里地叫著。

毛骨悚然的感覺，爬進了每一個人的心中。

留一把大喊：「團長，你怎麼了？」

這一叫把團長叫醒了：「大家快停車，都停車，等等我。我馬上回來。」

團長吃力地扭動車把，掉了個頭。他臉上都是恐懼的淚。沒有人天生就是英雄，英雄的自我犧牲精神，也並不是任何人都做得到的。暴騎團的團長不過是個二十出頭的年輕人，他的決心和勇氣，在這一刻不知為何消失殆盡。

有事情，明顯有事情，在團長身上發生了。留一把實在想不明白，不過偏離了路線三十公尺罷了，團長究竟遭遇到了什麼，居然整個人都快崩潰了。

「團長，你究竟是怎麼了？」有人也感覺到了異樣，不停地問團長到底怎麼了。

團長卻一個字都不肯說，死都不說。他拚命地用盡了吃奶的力氣，緩慢地好不容易才將車頭掉轉過來。他的腳下似乎有千萬斤重，人都快站起來了，車卻不怎麼騎得動。

他淚崩地哭叫著，三十幾公尺的回頭路，彷彿用盡一生，也無法抵達。

副團長的臉色越發慘白，他不停地往後退，退進人群中。最後副團長不小心撞到了留一把。留一把清楚地看到副團長像看到鬼一般害怕到扭曲的臉。

「留一把，你跟團長很熟。你勸勸他，讓他不要回來，不要回團裡。他會害死我們所有人的。」副團長說的話語無倫次。

所有人都將共享單車停在這條陰森小路的旁邊。團長的車發出刺耳的摩擦聲，留一把明顯看到他的車輪，似乎沒怎麼轉動。

車輪，被什麼東西卡住了。

好不容易，團長才回到隊伍。他距離所有團員大概只有幾公尺遠，他的聲音因為恐懼而扭曲、乾啞：「大家、大家聽我說。請答應我一件事，不論等一下你們聽我說了什麼，在我身上看到了什麼，都請千萬，千萬不要離開我。不要拋棄我！求你們了。」

大家不明所以，但在他的請求下，仍舊答應了。

「放心，團長，無論如何，我們都會幫你。」

「對啊，平時你挺照顧咱們的。遇到任何事情，我都不會跑的。」

甚至有幾個平時要好的，拍著胸脯保證。只有副團長，離得遠遠的，猶如團長就是移動的災難源。

見大家同意後，團長才哭喪著臉，指了指自己的腳：「我的腿，好像被什麼抓住了。」

所有人都同時一驚，轉動僵硬的脖子，低頭看向團長的腳底。頓時，驚悚的一幕佔據了每個人的視網膜。

只見團長騎的共享單車下方，一雙手，一雙孤零零的手，不知從什麼地方探了出來。手緊緊地拽著團長的右腿，手臂卡著單車的後輪，讓他的車很難移動。

「哇，快跑！」

「有鬼啊！」

不知誰率先尖叫一聲，所有人都忘了剛剛的誓言，瘋了般的拚命騎車逃跑。留一把也跑了，他害怕得要死。騎了幾百公尺後，他忍不住回頭看了一眼。

團長獨自一個人被那隻手抓著，留在原地。他眼神怨毒地望著逃跑的團員們，看著他……

從那天晚上後，再也沒有任何人，見過團長。

他也，失蹤了！

三十多人的暴騎團，在那天後，只剩下十二人。哪怕嚇得夠嗆，但那晚所有人都騎完了全程，沒人敢偏離 APP 指示的路線。

騎完車，留一把等人默不作聲的圍攏，想要將正在前邊擦汗的副團長逮住。這副團長也算機靈，他早發現了異樣。裝著擦汗的模樣，一感覺不對，就騎著共享單車瘋了般的往前逃。

剩餘的十一個團員哪裡肯罷休，他們騎車拚命的追趕。前邊的車在逃，後邊的車在追，所有人都用了極限的速度。但副團長的體力比較好，他騎車鑽入了小巷子後，七彎八拐的消失了蹤影。

之後副團長將所有人都列入黑名單，解散了群組。大家都是匿名，每天除了騎車外，很少有人清楚其他人的情況。而副團長的一切，每個人回頭一想都覺得驚悚。沒有任何人知道他這個人的事。

例如，他住哪裡；在哪裡工作；有沒有結婚。甚至，沒人知道他的電話號碼。他如果刻意隱藏自己，沒人能將他找出來。有人提到報警，留一把否決了。沒有任何證據能夠證明，副團長在這件事中有任何嫌疑。警方不可能立案。

故事講到這兒，差不多就結束了。留一把看了屋子裡的我們幾眼：「你們看，一個月後，我們三十幾個人，最終只剩下了我、扛得住和海貨三個。」

坐在凳子上的我，和黎諾依交換了下眼色。自己思緒萬千。留一把他們遇到的事，似乎除了共享單車、以及那個線路外，和鄭美沒什麼太多關聯。

不，不對。極點，也就是那棟三層廢樓，既然作為那款無名 APP 的起點，那麼就一定有某種意義。

我撐著下巴問：「留一把先生。既然大家都知道晚上不按規定騎車，就會失蹤。那麼其餘八人，是怎麼消失的？」

既然留一把說最終只剩下三人，那麼我可以默認那八人，極有可能已經失蹤了。

一旁一直沉默的暴騎團成員扛得住，一拳頭砸在牆上：「那款 APP 上的路線，每天都在增加。每過一天，都會變長一截。到今天，已經長達三十幾公里了。」

海貨抱著身體發抖：「沒錯。就算體力很好的人，每天騎行二三十公里，總有一天也會撐不住的。最可怕的是，規定裡還有時間限制。」

扛得住冷哼了一聲：「有身體不好的，在中途掉隊了。我們才發現，如果沒在十二點前騎完規定的路線。十二點後，還在騎車的團員，居然也會在路上莫名其妙的失蹤。」

「我就親眼看過。」留一把嘆了口氣：「那一次險之又險。我的腳抽筋了，所以騎得慢了些。掐著十二點的邊，騎完了當天的路線。可是在我背後的一個兄弟，他離終點只剩五十幾公尺，不過幾十秒就能到了。可手機上的時間，跳到了十二點。」

「突然，他就在距離終點五十公尺處，猛地停了下來。彷彿用力捏下了煞車一般。那兄弟尖叫一聲，恐懼之極。就在那時，一隻手，和當初拽住團長的手一模一樣。灰色的，慘白，在月光下泛著金屬光澤。就是那隻手，活生生地拽住車，將單車用力往後拉。」

留一把的臉色慘白，仍舊一臉恐懼，「那一次我終於看清楚了怪手的模樣。它是金屬做成的，不，分明是共享單車上的零件重新組合成了手的模樣。他拽著晚點的兄弟，拖入了黑暗中。那兄弟不停地尖叫，在漆黑的夜色裡，尖叫很快就戛然而止。」

「我提心吊膽的和幾個朋友趕過去看情況。但在被拖走的兄弟叫聲停止的地方，我們並沒有找到他。只有一輛倒地的共享單車孤零零地躺在路中間，人不見了，後輪依然孤獨地轉個不停。」

海貨雙手抱在懷裡，哭道：「你現在知道了吧，我們就是這樣一個一個的減員，直到剩下三個人的。」

我上下打量了他們三人好幾眼，皺眉，疑惑道：「不對！你們今天根本就沒有騎車，對吧。」

黎諾依也反應過來：「對啊，如果騎了三十幾公里，又從城西過來。應該不可能在十二點前到楊柳巷六十六號。而且，你們身上也沒有長程騎車的汗臭味。」

「確實沒有。」留一把回答。

「你明明說不按照APP的路線騎車，就會失蹤。」我瞇著眼睛問。

留一把指了指屋子：「三天前，副團長聯絡我了。他說只要待在這個屋子裡，不騎車，也不會有事。只要一步不離地在這屋子中。三天了，我們果然沒事。只不過吃喝拉撒不方便罷了，可再不方便，也比沒了命強。」

「副團長，聯絡你了？」我有些想不通：「他既然跑了，為什麼還要聯絡你們？」

「他說是為了贖罪。」留一把感慨。

「你信？」

「不信。當然不信。」留一把恨恨道：「但我們能有什麼辦法。他還給了我一個地址，說如果要結束一切的話，就去那個地址瞅瞅。」

「難怪你那麼好心，看到我的發文，立刻就聯絡我了。」

留一把苦笑，「我們三人，哪一個人敢踏出楊柳巷六十六號的房子。一步都不敢。我想拜託你們四個，替我們去那個地址。看看副團長到底想要玩什麼花樣。」

「如果是陷阱呢？」黎諾依插嘴。

「很有可能。」留一把想了想：「但我認為，副團長沒任何理由在告訴我們保命的辦法後，又設了一個圈套。說不定……」

我也想到了那個可能：「你是不是在猜測，副團長最終把自己也套進了危險中。而類似楊柳巷六十六號的安全屋，不止一個。他就在其中一個中保命，同樣不敢出門。所以引誘你們去那個地點，求取一線生機？」

留一把喉嚨動彈了幾下，默認了。

「把地址給我。」我考慮了一番後，沒有多話，拿著留一把給我的手機定位出了門。一直在屋子裡沉默的梅雨以及夏彤，也跟著我們走了出來。

不知何時，下起了雨，淅瀝淅瀝的小雨，滴滴答答地響個不停。我們幾人站在楊柳巷六十六號的屋簷下。明知道屋子裡有人，可留一把等人不點燈，也不發出任何聲音。

看看手錶，已經過了凌晨一點。

我看向全身無力一直靠在夏彤身上的梅雨，皺眉問道：「夏彤大美女，我們才分開一天罷了，妳們怎麼就變得神秘兮兮的？老班長到底發生了什麼事？」

夏彤這位冷美人，原本話就不多，她簡單地回答：「我們跟你分開後，分別騎了兩輛共享單車。之後有個人撞了梅雨一下，梅雨就倒地不起了。」

她用力扶了扶梅雨：「一整天，她都這副模樣，既不說話，也不吃飯。明明去醫院檢查身體一切都正常，可就彷彿玩偶般，像失去了靈魂。」

「那妳為什麼會打電話給我，讓我看回文？」我不解道。

夏彤聳了聳肩膀：「我在梅雨的包包裡，發現了一張奇怪的地圖。應該是撞她的人故意塞進去的。我在網路上搜尋類似的圖片，立刻就找到了你發的文章。之後，也聯絡了留一把。他要我們來這個地方，說會給我們答案。」

「撞梅雨的人，是男是女，還記得模樣嗎？」我瞇著眼睛問，心中的疑惑不少。

夏彤緩緩搖頭，「沒看清楚。只知道應該是男性，他騎著一輛紅色的共享單車，速度實在是太快了。撞了梅雨後，立刻就溜了。既然梅雨不是因為撞擊而失魂落魄，我猜，或許是那個人在撞她的時候，給她下了什麼藥，讓梅雨姐變成了現在的模樣。」

她的推測確實很符合邏輯。

「所以妳覺得既然那個人特意留下線索，無論是不是陷阱，妳也只有闖一下了？」

我繼續問。

「對呀。特別是又聯絡上了你。」夏彤扶了扶眼鏡：「根據前段時間的表現，你，值得信賴。」

黎諾依氣鼓鼓地扯了扯我的衣服，小聲道：「阿夜，你不會又亂惹爛桃花了吧。那姑娘似乎對你有好感。你前段時間究竟幹了啥！」

我苦笑。夏彤的性格，哪裡是對我有好感，分明是高智商的她覺得我挺有趣的，容易交流罷了。

「算了，我們先離開這兒吧。這鬼地方，叫車都沒司機肯來。」我掏出手機用APP叫了計程車，每一輛看清地址後，居然都毫不猶豫地取消了我的預約。

我嘆了口氣：「妳們兩個女孩是怎麼來的？」

「騎共享單車來的啊。梅雨雖然沒什麼意識，但是很詭異地能夠騎車跟著我。」夏彤詫異道：「這鳥不拉屎的地方，留一把特意讓我們騎共享單車過來……」

聽她說到這，驚悚感頓時佈滿了我和黎諾依全身。我渾身都在發抖，臉色發白。就連夏彤都被我們的臉色嚇到了：「你們怎麼了？」

「該死！」我轉身，一腳踹開了楊柳巷六十六號的大門。裡邊仍舊悄無聲息。我迅速在這不大的房子裡找了一圈。

一個人都沒有，留一把等三人，消失得無影無蹤，甚至我根本就沒有找到他們曾經存在過的痕跡。房子裡殘破不堪，沒有留下人生活的垃圾。按理說吃喝拉撒三天都在房子裡，三個人留下的生活廢棄物不會少。

但是我，卻什麼都沒有找到。

恍然間，我竟然有些不太敢相信自己是不是真的在這個房子裡見到過那三人。或許，一切都是幻覺？

不，不可能。哪有四個人同時產生同樣的幻覺。難道，這真的是陷阱？

我和黎諾依一臉煞白，就連夏彤跟著我們找了一圈後，臉色也變得不好看起來。

「我們見鬼了？不，這世上不可能有鬼，鬼這種東西不太符合邏輯。」夏彤否定道。她四處瞅著，突然指著地面：「夜不語，你看地上的痕跡，不太對勁兒。」

我立刻向地上看去。地面亂糟糟的，塵土被我們走動的痕跡掀起。踩踏過水的濕潤鞋底，夾雜著廢棄屋子裡地上的塵土，顯得十分骯髒。但在我們的腳印下方，仔細看，還是能看到一些東西。

那是自行車的輪胎印。

輪胎印貫穿了屋子裡的所有房間，而且痕跡在屋子內部居然根據動靜線在活動。彷彿有人騎著單車在屋子裡生活了不短的時間。世界上每個輪胎的痕跡都是不一樣的，如同人的指紋一般。我能分辨出，輪胎印屬於三輛不同的單車。

三個人，騎著三輛自行車，在這棟屋子裡正常的生活？怎麼想都覺得古怪，屋子並不大，實在沒有穩住自行車平衡所需速度的空間。

黎諾依同樣百思不得其解，突然，女孩像是聽到了什麼，緊張地挽住了我的胳膊：「阿夜，外邊有聲音！」

「出去看看。」我也聽到了，外界傳來了許許多多的機械摩擦聲，雖然輕，但在這萬籟俱寂的夜晚，人就能聽得清清楚楚。

我們四人來到了外邊，所有人都大吃一驚。

共享單車，紅色的共享單車。密密麻麻的紅色共享單車，大約有幾百輛，不知何時，竟然將我們待著的屋子包圍得密密麻麻。

每一輛車，都是獨立的，沒有人騎。但是卻安靜地保持著平衡，停在原地。我們，竟然，逃不出去了！

第十章　單車的恐怖秘密

據說，共享單車的設計者通常在規劃一個城市的共享單車時，會考慮到幾個問題：應當在哪裡設置自行車道？自行車道需要多寬？我要如何建設基礎設施？人們在哪些地區騎車？起點是哪？一般會在什麼時間開始騎車？終點在哪？以及什麼時間停止騎行？

我如果是共享單車公司的負責人，那麼，我絕對不會將共享單車浪費在偏僻沒有人煙的郊區。最主要的是，這一刻，我真實的感覺到，春城的共享單車實在設置得太多了。

而且那些共享單車，沒有人騎的共享單車，分明對我們散發著惡意。甚至，殺意！真是見鬼了！只能靠人力驅動的共享單車，居然能自己動。還想要殺死我們。這是怎麼回事？

「怎麼做，逃？」黎諾依拉著我的手，小聲問。

「怎麼逃？」我站在屋簷下，小雨不停地打著屋簷，落在密密麻麻的共享單車的車身上，濺起一地的水花。地上的雨水彙集成小溪，流入臭水溝中，溜走了。

這一刻我反而有些羨慕那些雨水，至少能逃得掉。眼前的共享單車實在太多了，擠在巷子裡，人根本沒辦法穿行離去。

而且我不敢判斷，如果貿然闖入這些詭異的共享單車群裡，會發生什麼。說不定真的會有生命危險。

「先待在這裡等天亮吧。」我示意大家先進屋。可是還沒等眾人行動，身後就傳來了一陣巨響。

本來就品質不好年久失修的房子，牆壁竟然轟然倒塌。揚塵翻滾中，一群群影影綽綽的黑影從黑暗中緩慢進了沒牆的屋子。

又是共享單車，大量的共享單車湧入，將我們前後堵死在屋簷下不足三平方公尺的地方。

「該死！」我實在沒辦法了。共享單車又不是人類，不是我掏出手槍就能震懾的。這些沒人騎的車，究竟靠什麼驅動？它們是怎麼在靜止狀態下保持左右平衡的？更重要的是，它們，堵住我們，到底是想要幹嘛？

眼前的恐怖情況，讓平時極為冷靜的夏彤，也不知所措。

所有人都在看著我，等我想辦法。

我也確實在想著脫離險境的方法。我左看看右看看，突然指了指天空：「爬上去，咱們走屋頂。看那些共享單車能不能到屋頂上來追我們！」

單車都沒有動，我不清楚它們有沒有視覺，但現在我已經將這些人工玩意兒當做了生物對待。

剩下的屋簷不多，堪堪豎立著，支撐著僅剩的建築。磚瓦結構的屋簷居然是木質的橫樑，還好屋簷垂得夠低，不到一百八十公分。我讓黎諾依和夏彤先上去，之後兩個女孩將全身無力，狀態很奇怪的讓梅雨拖上去。

自己找了根繩子甩上去，黎諾依找了固定物將繩子拴在屋頂，我好不容易才揹著守護女上了屋脊。

包圍著我們的單車，仍舊沒有動，它們就那麼呆呆地停著。站得高了，望得也遠了。剛剛還滴滴答答下個不停的小雨，不知道什麼時候停了。一彎明月，從雲層後逃了出來。清澈的月光，照亮世界。

居高臨下看清環境的我，頓時倒吸了一口涼氣。

只見目光所及的每條巷子中，全擠滿了共享單車。任何地方都有，紅色的共享單車，佔據了我視線的每一吋。

黎諾依和夏彤也怕了。

「阿夜，我們怎麼逃得掉啊？」黎諾依心冷了大半截。

如此數量的共享單車，是什麼時候聚集在這兒的？它們，到底想幹嘛？如果真的是想要傷害我們，那為什麼又不阻止我們逃到屋頂？

還是說，這些詭異共享單車背後的操控者，清楚地知道，我們根本逃不掉。

「那些車，應該是我上次去的廢樓裡看到的故意被人丟棄在那兒的共享單車。」黎諾依突然明白了些什麼：「你看，車上邊還有草。有些車身上甚至有青苔。草，有被強行扯斷的痕跡。」

我打了個寒顫：「諾依，妳的意思是，那些躺在草叢中的廢棄共享單車，不知道什麼原因都活了過來。生生將身上的草崩斷後，來追殺我們？」

「我覺得共享單車或許有一個目的，在現今的狀況下，也只有那個目的才能夠解釋。」夏彤扶了扶自己的眼鏡：「我們得到的地址，或許並非陷阱。而是對控制這些車的幕後主者，有著重要的意義。所以它派單車來，想要阻止我們離開，更不想我們探究那個地址的秘密。」

確實，眼下的狀況，以夏彤的猜測，最符合邏輯。

我苦笑：「看來更有必要在逃掉後，去那個地址一趟了。」

轉頭，我看向黎諾依：「說不定，還能在那兒找到妳的好學姐鄭美，以及尋找到解除妳的『不能回頭』詛咒的方法。」

堅強的黎諾依，自從遭遇那件事後，就再也沒有回頭過。她的自我控制能力非常強，強到任何時候，都能控制自己的身體和欲望。

「我不急，先解決眼前吧。」女孩一直挽著我的手，她是真的沒有將自己被詛咒的事放在心上。

我嘆口氣：「先走一段看看情況。」

還好大片大片的平房，在以前修建時，就設計成連在一起的。屋簷靠屋簷，一直連通，就如同綿延幾百公尺的排屋。我們四人在屋頂路過一棟又一棟的房子，越走越遠。可是哪怕走了十幾分鐘，腳下的巷子裡，仍舊擠著無數的紅色共享單車。

又走了一段距離，眼看就要走到大路了。路連接著點點星光，那是路燈的顏色。路燈下，共享單車的海洋終於出現了邊界。我長長地緩了一口氣，終於有逃出生天的希望了。

就在將楊柳巷走到盡頭前，原本還不太動的共享單車急躁起來。幕後主使者顯然是真的不希望我們活著離開。

靜止的單車，開始轉動輪子。無數單車蜂擁著從四面八方撞擊我們腳下的屋子。單薄的瓦房哪裡禁得起幾百輛車的摧殘，很快空心牆就被撞塌了。

「跑！」我大喊一聲，拽著黎諾依就疾馳在屋頂。

夏彤的反應神經也不差，半扶著梅雨緊跟我的腳步。剛剛還支撐過我們的瓦房發出刺耳的轟隆聲，迅速倒了下去。

我臉色發白，只差幾秒鐘，我們就會跟著掉下去，埋葬在廢墟裡。快！還要再快一些。在楊柳巷的盡頭，共享單車的密集程度大大減少，拚一把的話，說不定還逃得掉。

但前提是，我們能在屋頂一直逃到最後一間屋子。密密麻麻的共享單車，顯然並不願給我們機會。腳下的紅色單車，猶如螞蟻般，不停地碰撞啄食牆壁，將一間又一間的房屋弄倒。

「糟糕！」就在離巷子盡頭只剩下最後兩間屋子時，厄運來臨了。前方的屋子轟然崩塌，我們無處再可進。

被圍住的我以及黎諾依四人，停住了身影。留在最後還保持站立的房屋頂端。周圍大面積的排屋已經僅剩斷垣殘壁。我們彷彿站立在孤島上，周圍全是紅色的單車大海。共享單車掀起的恐怖波浪，兇猛無比。只需要再兩分鐘，就會將我們落腳的地方撞倒、吞沒。

到時候等待我們的後果，誰也不清楚。但絕對不是好下場。

「完蛋了。」我撓了撓鼻子，揉了揉黎諾依的腦袋。

夏彤冷冰冰地看著腳下蜂擁不停，磕碰不歇的單車，同樣感慨道：「山窮水盡了。」

「或許，還沒完蛋。」黎諾依眼眸流轉，突然驚喜地指著不遠處，喊道：「阿夜，你看那！」

兩個人，騎著兩輛紅色的共享單車，以極快的速度撞擊進共享單車群中。一男一女。

「那個女的是鄭美學姐。」黎諾依眨巴著眼：「男的不認識。」

「不，並不是不認識。」我緩緩掏出手機，將不久前在步行街跟蹤我的男性的照片找出來。這個神秘男子的面部特徵非常奇異，只要不直視照片，你就會忘記他的長相。

我將照片和他排列到一起，終於確定，這就是同一個人。

鄭美和跟蹤者，為什麼突然出現來救我們。他們是怎麼確認我們的位置的？一切的一切，我僅僅只是在腦袋裡想了一秒鐘。然後就招呼著剩下的人，往前走到屋簷的盡頭。

那個神秘男子所過之處，不知道衝著詭異的無人共享單車噴灑了什麼液體，一片一片的共享單車應聲而倒，彷彿被觸發的多米諾骨牌。

「快！跳下來。」鄭美抽空抬頭衝我們叫了一聲。

他們已經把房子下方的無人共享單車清空了很大一部分。倒下的共享單車堆積起來，墊高了屋簷到地面的距離。

我們四人一咬牙，跳到了共享單車上。

「倒地的共享單車沒有危險，騎上去，我們逃。」男子一邊說，一邊開路。

我也沒辦法思考太多，四個人騎著四輛車，匆匆地離開了這是非之地。直到抵達燈火輝煌的主要幹道後，所有人才長長地喘了口氣。

身體的每一個細胞，都宣洩出劫後餘生的輕鬆。

「小姐，還是我來扶她吧。」神秘男子見沒有危險後，走到夏彤身旁，準備將狀態奇怪的梅雨扶住。

我擋在梅雨身前，目光炯炯地看著他：「你是誰？」

男子沉默了一下：「夜不語先生，我沒有惡意。如果真有惡意的話，剛才就見死不救了。」

「我不需要你解釋你到底是不是對我有惡意。我只問你，你和梅雨是什麼關係。」我撇撇嘴：「以及，你為什麼知道我的名字？」

男子再次默然了幾秒鐘：「能不說嗎？」

「不行。」我搖頭。

「我是梅雨的守護者。」他終於回答了。

我對這個回答不滿意：「名字？」

「我叫甲乙丙丁。」他緩慢地說。

我冷笑了一下：「配上你的模樣，倒是挺恰當的。哪怕是面對面交流後，只要視線離開你，別人就會忘記你的模樣。你確實可以是甲乙丙丁中的任何一個人。」

甲乙丙丁苦笑道：「夜不語先生，見笑了。我之所以認識您，是因為您的大名如雷貫耳。您能幫助梅雨小姐……」

「尚冬梅家。」我打斷了他的客套話：「梅雨和尚冬梅家有什麼關係？」

「尚冬？梅家？」甲乙丙丁愣了愣：「沒聽說過。」

我反而笑起來：「我這次回美骨鎮，遇到了梅雨後，就特意委託朋友調查過梅雨的身世。前段時間陷入麻煩裡，沒有網路。今天我剛剛拿到了調查結果。所以你也別給我裝傻了。」

「尚冬梅家，位於尚冬一個偏僻的山村中。梅家，是那個村子的大戶人家。十二年前，梅家發生了詭異的事情，家族所有人都離奇地死在家中。死掉的人，通通沒有外傷，但是內臟卻全都化成了一攤黑水。」

「當年，據說只有梅家直系一個十歲的小女孩，以及幾個僕人沒有找到。而梅雨，就是十二年前，轉入美骨鎮，我的隔壁班的。一年後，我發現她身旁縈繞著一個想要攻擊她的黑影。可她似乎從未察覺過。」

我當年被封印的記憶，開始隨著自己的講述而慢慢解封，但仍舊有許多關鍵的地方，沒辦法記起來：「總之，我被黑影波及後，失憶了。梅雨，大概在離開尚冬梅家後，就被人刻意的隱藏起當初的記憶。」

甲乙丙丁沒開腔，但是臉色顯然不太好。

「還不願意承認嗎？沒關係，我還有撒手鐧。」我撇撇嘴：「你們梅家，是延續千年的守墓家族吧？」

甲乙丙丁本就不好的臉色，終於變了，他抬頭，震驚地看著我。

「你們梅家，守護的陵墓，該不會是陳家墓穴？」我笑咪咪地問。

甲乙丙丁額頭流出了細細的冷汗，他猛然間從手心彈出一把手裡劍，輕輕朝我一揮。逼退我之後，拚命朝梅雨跑去，妄圖將班長搶回去。

「別輕舉妄動。」我掏出早就緊緊握住的槍，瞄準了他的腦袋。

甲乙丙丁的動作完全停滯了，不停地苦笑：「夜不語先生，你就放過我家小姐和我吧。剛剛我還救過你。」

「你救的真的是我嗎？」我不置可否：「梅家人十二年前死光了，我猜，可能是某個想要奪取陳老爺子骨頭的隱藏勢力幹的。但是你不只守護著梅雨，梅雨身旁還經常發生怪事。美骨鎮上的黑影、那本來已經拆掉，卻出現在異度空間的舊校舍；甚至，春城共享單車的騷動。一切的一切，恐怕根本就沒那麼簡單。」

我死死盯著他看：「十二年前的勢力，是不是根本就沒能搶走陳老爺子的骨頭？你們拚盡全力，重創了那個勢力。拚出一條血路，送走了梅雨。也就意味著，在梅雨自己都不清楚的某個地方，還保留著只有她才能拿得出來的某一根陳老爺子的骨頭。」

甲乙丙丁屈服了，嘴也不硬了，垂頭喪氣道：「夜不語先生果然名不虛傳，瞞不過你。」

「那，梅雨是怎麼了？那些共享單車怎麼了？你是怎麼讓沒人自己動的共享單車壞掉的？那個黑影，又是什麼？」我見他願意溝通後，接連不斷地問出了長久以來的疑惑。

甲乙丙丁卻搖頭：「夜不語先生，如果我告訴你，我其實知道的事情不多呢？你，會不會信？」

我盯著他的眼睛，半分鐘後，這才點頭：「我信。」

「其實尋找一切事件答案的鑰匙，已經握在了先生您的手裡。」甲乙丙丁又道。

我一愣：「你說的是那個地址？你偷聽了我們在楊柳巷六十六號的對話？」

「沒錯。」甲乙丙丁回答：「我一直都在跟蹤你。所以請你，再幫幫梅雨大小姐。她現在的狀態非常糟糕，如果不儘快找到解藥的話，恐怕沒多久就會死。」

我沉默了一下：「那個地址，隱藏著答案。敵人，也在那裡？」

「對。」

我笑了：「那還等什麼，我去取一些東西。是為這個漫長的事件做個了斷的時候了！」

一行人，騎著單車朝我在春城的家奔去。

我的心在冷笑。

確實，也是該，了斷了斷了！

第十一章 隧道驚魂

生活從來沒有容易過。

大部分的人，都在努力而辛苦地支撐著自己搖搖欲墜的生活。人生就是一道容易崩潰的牆，只不過我們所支撐的那個牆壁，暫時還沒有倒下來砸住我們。

可是，誰知道了。人無論富貴與否，都籠罩在要塌的牆下。得意的人，不過是他的牆暫時沒有倒下，將他壓塌罷了。

我從小就不算是一個得意的人，更談不上人生贏家。我在一個接一個的詭異事件中苦苦求生存，在壓力下祈禱自己早已冰裂的牆，不會突然倒下。

第二天一早，我就收拾了東西，和黎諾依、甲乙丙丁以及梅雨等人一起出門了。夏彤對這件事很好奇，執意要去。我阻止不了，也只能隨她了。

我揹了一個小包，租了一輛麵包車。根據留一把給我的地址，導航定位後，一直往前行駛。甲乙丙丁不時摸著梅雨的脈搏，臉色焦急。

黎諾依跟鄭美坐到了一起，「鄭美學姐，昨天遭遇了太多事，來不及問妳。妳是怎麼從我的小公寓裡離開的？」

鄭美臉上劃過一絲迷茫，「我不記得了。我只記得跟妳回去後，我全身都不舒服。

每一個細胞，彷彿都在沸騰。」

「那妳那晚回頭後，究竟看到了什麼？」黎諾依緊張地吞了口唾液。當初追去鄭美的租屋時，她已經昏迷了。之後的確神志不清，語無倫次。

「我看到了，我看到了……」鄭美拚命的回憶，卻用力抱住了腦袋：「對不起，我忘了。」

突然，她握住了黎諾依的手：「諾依，妳該不會是回過頭了吧？」

「沒有。」黎諾依回答。

鄭美這才放心了不少：「沒有就好，沒有就好。千萬不要回頭看，唯獨這一點，我還清楚的記得。」

「那，鄭美學姐，妳是怎麼和甲乙丙丁混在一起，昨晚跑來救我們的？」黎諾依從後視鏡中察覺到了我的眼神，連忙問。

鄭美還沒說話，甲乙丙丁已經開口了：「是我找到她的。這個女孩最近到處挖掘怪異共享單車的秘密。而我，也同樣嗅到了當初殺害梅家所有人的黑暗勢力的氣息。於是，我暗暗關注她。」

「你們有沒有發現，最近春城的共享單車，是不是太多了？」甲乙丙丁問。

我有些凝重，「昨晚我抽空查過，頂禮共享單車公司，一共在春城投放了大約五萬輛車。」

「昨晚塞滿巷子、追殺你們的紅色共享單車，你覺得有多少？」他問我。

我想了想：「很多，足足有數萬。」

「那你不覺得奇怪嗎？一個城市大概五分之一的共享單車都從方圓一萬四千多平方公里的範圍，跑到了一條偏僻的小巷子裡。居然沒引起別人的注意。」甲乙丙丁停頓了一下：「這，可能嗎？」

「你的意思是，春城的頂禮共享單車，遠遠不止五萬輛？」我皺眉，其實自己也意識到了這件事。

甲乙丙丁點頭：「確實遠遠不止。」

夏彤開口道：「頂禮公司不可能違規投放單車。畢竟，他們單獨在一個城市隱瞞投放量，並沒有任何好處。」

我摸著下巴：「也就是說，紅色的頂禮共享單車，有一大部分，並不是屬於頂禮公司的。」

不屬於頂禮公司的共享單車們，到底屬於誰？是誰將那些車製造出來，冒充頂禮公司的共享單車？他們這麼做，到底有什麼意義？

這一連串的疑惑，讓我不解。

「如果不親眼看到，你們是不會相信的。我一直在跟蹤鄭美，她被一輛沒人的共享單車綁架走了，之後我尾隨她，將她救了出來。」甲乙丙丁輕描淡寫地說道。

釘。

「想要知道整件事情的秘密，那就去這個地址吧。」他指著導航地圖上的紅色圖

眾人抱著許多解不開的謎，隨著車在彎彎曲曲的公路上越走越遠。從城東到了城西，然後順著一條偏僻的路，開入了一條沒什麼人的郊區小道。

這條路還算乾淨，可枯萎在兩旁的行道樹，以及樹木伸入天空的枝椏，猶如一幅末日畫。看得人非常不舒服。

車，安靜地往前行駛。離目的地越來越近。就在我以為可以順順利利地開車到達留一把給我的地址時，路，突然中斷了。

我將車緊急停在了路旁。

這條路的盡頭，居然是一片荒草地。眼前的荒草比一個人還高，看不清草地後面究竟有什麼。

我們一行人下了車，觀察了附近的狀況。還是黎諾依眼尖，指著亂草中一條隱秘的小道說：「這裡好像經常有人通行的樣子。」

亂草叢裡確實有一片被經常碾壓出來的小路。我走過去用手比劃了幾下，判斷道：「這不是人走出來的。應該是經常有人騎單車進去。」

「進去？」黎諾依抓住了我話中的意思：「只是進去？」

我凝重地點點頭，用手撥開被壓得只剩下薄薄一層的草，露出了草下方深邃的碾

壓痕跡：「你們看。所有的單車都壓在這條不足五十公分寬的痕跡上。自行車的車輪花紋雖然每一輛都不一樣，但是往前往後，還是能看得出來。」

夏彤一驚：「果然，所有車痕，都是往前行，沒有一輛車是相反的車痕。也就是說，踏上這條路，只能進入，無法回頭。那麼那些騎車進去的人，他們到底怎麼了？從別的路離開了？」

「不清楚。」我臉色發黑，情況比自己想像的，更加糟糕。現在只能走一步算一步了。

甲乙丙丁沉默了片刻：「進去吧，既來之則安之。我和梅雨大小姐，已經沒有退路了。」

我點點頭，率先走入了荒草叢裡的小道中。

小道不算太長，我們一行人往裡走了一段，就出現了柏油的路面。這條路很老舊，雖然路面的坑窪不多，但是用的材料卻像是上世紀的。

我踏上路後，轉頭看了看身後。

夏彤疑惑道：「明明是一條路，怎麼中間被挖斷了？什麼人將路連同路基一起挖掉的？」

「在規劃時，或許是同一條路。」我摸著下巴：「但事實上不是。」

我踩了踩腳下：「這條路是柏油路面，底層是瀝青，上層是小石子。這種路面二十幾年前才流行。可我們剛剛下車的路，卻是用水泥鋪成的，修的時間，不超過三年。也就意味著，這條路其實相隔了二十多年，卻從來沒有通車過。」

甲乙丙丁悶聲道：「十多年前這裡曾經有一個鋼鐵廠，現在廠區已經廢棄了，所以這條路通不通車，沒有任何意義。」

「還有多遠的距離？」黎諾依看了看手機螢幕。紅色圖釘很遙遠，一直探入西郊的深山當中。地圖顯示剩餘里程，還有十三公里左右。

我撓撓頭：「沒有車只靠腳走路，大約需要三個小時。太遠了。」

確實有點遠了，我們也沒有那麼多時間。用走的，到目的地，就已經十二點了。如果再遇到棘手的狀況，那麼晚上也沒辦法回去。何況，誰知道大山深處，有什麼在等待我們。

那個地方，我不得不去。畢竟那兒藏匿著我十多歲時，不惜犧牲記憶，在今後不斷提醒自己的秘密。我感覺得到，那個地方，或許和守護女李夢月的昏迷有關。

那個地方，或許能找到喚醒李夢月的辦法。

「進來了那麼多的單車，總有一些停在路上。我們一路找一路走。」夏彤判斷。

我們各自揹著行李，六個人走在嬌豔如火的泊油路上，往前行。突然，黎諾依打了個寒顫，她朝我靠了靠：「阿夜，你覺不覺得有點奇怪。明明天空的太陽烈得很，我卻在發冷。」

陰森刺骨的感覺，我在踏上這條路的瞬間，就察覺到了。

我蹲下身，摸了摸地面，皺眉：「今天來的時候，車上的溫度計顯示是三十度。這條路無遮無擋，瀝青又是吸熱的材料。但路面卻是冷的。果然古怪。」

越是古怪，越能證明，前方兇險。

果不其然，我們在路上找到了好幾輛倒在地上的紅色共享單車。車都沒有鎖，扶起來就能騎。我隨手拉起來一輛，頓時發出「咦」的一聲。

「怎麼了？車是壞的？」黎諾依急忙問。

我搖頭，目光不停在單車的車身上掃視，上上下下左左右右打量個不停。

「這些單車，總覺得哪裡不太對勁兒。」夏彤也皺著眉頭，她感到單車有問題，可問題出在哪裡，和我一樣說不太上來。

甲乙丙丁拿出一個空氣清新劑一般的玩意兒，對我們選擇的單車通體噴了幾下後，說道：「現在就算有問題，車也沒問題了。」

我打量著他手裡的筒狀物，長筒狀的玩意兒顯得很老舊，顯然是有些年頭了。斑駁的薄薄的青銅軀殼裡，裝著某種無色無味的氣體：「這是什麼東西？」

「我也不太清楚。畢竟十多年前，梅家滅族時，我還在外地讀書。爺爺和幾個兄弟帶著梅雨大小姐逃出來後，受了重傷。他告訴我的事情不多，只叫我暗中保護大小姐。並塞給了我這玩意兒。之後撒手西歸。」甲乙丙丁搖晃著手裡的筒狀物。

裡邊發出了液體流動，撞到筒壁的「稀啦」聲響。

「據說這東西在爺爺逃出來的時候，起了很大的作用。它的構造非常奇特，而且有某種神秘的能力。使用起來也非常簡單，只需要裝自來水就可以了。居家必備，童叟無欺。」他得意道：「它能將自來水化為某種無色無味但是對昆蟲有劇毒的液體。平時我在租屋處遇到了蟑螂、蜘蛛或蚊子，對著天空噴兩下，那些蚊子什麼的就「唰唰」的往地上掉，一屋子全死光。所以我平時都叫它殺蟲劑。」

我們聽了一頭的黑線。

「不對啊，共享單車明明是人造的機械，為什麼你噴殺蟲劑會有用？」夏彤扶了扶眼鏡，探究精神上來了。

甲乙丙丁撓撓頭：「這我還真不清楚。前段時間隨著調查越深入，我被共享單車攻擊過。慌亂之中用了它，居然有用。」

我沒看出所以然來，但卻明白了甲乙丙丁為什麼能判斷春城隱藏的恐怖，和當年殺掉梅雨家族的勢力有可能是同一個：「就因為你的家傳寶物對共享單車有用，所以你認為，屠殺梅家的勢力，再一次開始針對梅雨了，對吧？」

「對。」甲乙丙丁佩服道。

「唉，還是有太多想不通的地方。算了，繼續往前走。」我們一眾人騎車前進，大約花了一個小時的時間，終於，來到了一個陰森的隧道前。

哪怕是白天，那條隧道也異常可怕。

「停下！」察覺異樣的我，讓大家都停在離隧道還有一百公尺遠的地方。眼前的景象，讓所有人都心驚膽戰，驚恐不已。

偌大的隧道，就在斷路的盡頭。兩旁樹木無限靠近的枝椏，在這隧道前的十公尺處，戛然而止。原本綠油油的樹枝，彷彿遇到了冬天般，乾枯殆盡，只剩下光禿禿的樹幹和黑漆漆如老繭般的樹皮，悚人得很。

不光是樹木，就連地上的路，也變得坑坑窪窪起來。像是樹木和路，被什麼帶有腐蝕性物質，傷害過。

我用力抽了抽鼻子，卻沒在空氣中，聞到任何異味：「十多年前，這裡的地面曾經被大量具腐蝕性的物質覆蓋過。」

我蹲下身，用手抓起一把塵土捏了捏，聞了聞：「腐蝕物已經揮發殆盡。但是究竟是什麼成分，我判斷不出來。」

自己的記憶裡，實在想不出有哪種物質，可以造成眼前的現象。

「還有危險嗎？」黎諾依問。

「不清楚，我們小心點。」我緩緩道：「剛剛一路上，妳有沒有發現。路旁有毀掉的路牌、修了二十幾年還沒修好的路、還有這個隧道，它的名字被人刻意抹掉了。」

我指著隧道上那原本刻了字，但是卻被腐蝕性物質腐蝕掉的位置：「總之，這個隧道，曾經有過黑歷史。」

「留一把給我們的地址，就在這條隧道中。」夏彤扶了扶眼鏡，有些不知所措。

被腐蝕的路面和樹木，並不是逐漸受到侵蝕的。因為兩者之間沒有任何的過渡階段，在離隧道十公尺的地方，猛然間腐蝕傷害就出現了，而且被腐蝕的地方受到的傷害十分平均。

「大家儘量注意自己的狀況，一有問題，馬上說出來。」我率先向前走，在走入腐蝕區後，提起了嗓子。

當所有人都靠近隧道十公尺處時，突然，黎諾依「啊」的驚叫了一聲：「阿夜，你覺不覺得原本的大太陽，竟然暗了許多。而且更冷了。」

確實是如此。周圍的風景如同彩色照片變成了斑駁的黑白。我眉頭緊鎖，觀察著隧道的全貌。

這是個四線道的隧道，修建年代已經有些久遠了。整條隧道的牆壁塗著灰白的石灰，許多地方都剝落了。

隧道外的左右兩側各有兩個小門，應該是設備和檢修用的通道。小門的門不知何時被拆除了，門洞也被人用磚頭封了起來。

隧道裡黑漆漆的，什麼也看不見。陽光射不進去，也不知道深淺。隧道的影子拖拉在地面，太陽就在隧道的背後。哪怕要正午了，可那滿地荒涼蕭條的恐懼，仍舊在這大深山裡蔓延。

一行人沒有太多選擇。我們的身影最終沒入了隧道裡。黑漆漆的隧道，完全看不到盡頭在哪兒。地面異常乾淨，乾淨到像是隨時都有人在打掃，不像是廢棄二十年以上了。

六個人騎著六輛共享單車，唯獨梅雨行屍走肉的陷入半昏迷狀態。她能被人攙扶著走，能騎車跟在人身後。唯獨，不清醒。我覺得她的情況在變糟糕。她越來越機械，就連原本清秀的容貌，也在燈光下反射出一絲金屬的光澤。

奇怪了。為什麼她的皮膚，會讓我感覺金屬化了？

同樣的感覺，我在鄭美身上，也隱約感受到過。

我有些不解，隨著深入隧道，一種不安感越發強烈。那種不安，從鄭美身上傳來、從梅雨身上傳來，甚至從我騎的共享單車上傳過來。隧道越是往前走，越是一塵不染。

兩側以及路中央，開始出現許多倒在地上的共享單車。每一輛車，都傳遞著詭異氣息。在其中一輛車前，我猛地停了下來。將車扶起，臉色頓時煞白。

「甲乙丙丁，我知道了。為什麼春城多出了那麼多共享單車，那個勢力，究竟是怎麼製造冒牌共享單車的。」我的心狂跳不已。

黎諾依看向我，她也不安起來，因為她從來沒見到我如此害怕。

甲乙丙丁沉默了一下。

「這些共享單車，都是人類變成的。你說你救了鄭美，你救她的時候，她是不是已經有大半身體，變成了單車？」我看著甲乙丙丁，又看向鄭美：「鄭美小姐。在諾依的公寓，妳不是失憶了。其實根本就沒有人綁架妳，妳的手腳變成了單車。妳是自己從三十三樓衝下去的，對吧。」

鄭美原本還假裝平靜的臉，閃過了一絲慌張和躲閃。

黎諾依臉色變了，她猛然拉開了和鄭美的距離。可鄭美與她近在咫尺，她最崇拜的好學姐拚命地撲向她，將她的頭向後掰。

「往後看，快點往後看。這樣我的男友，他就會回來了。那個黑影說，只要我讓妳在這個隧道中回頭，它就會將男友還給我。」鄭美瘋了似的，以極快的速度將黎諾依的頭掰動。

我連掏槍射擊的時間都來不及。

黎諾依的腦袋被她瘋狂的力量生生轉動了一百度，視線朝後方望去。就只看了一眼，她整個人都驚恐地呆住了。

「妳看到了什麼？」我一腳將鄭美踢開。

黎諾依一句話也沒有說，她彷彿沒有人操縱的提線木偶，只是呆滯。

「妳到底做了什麼！」我憤怒地將槍口對準鄭美。鄭美被我踢到地上後，翻身站起來，朝著隧道深處跑。

她一邊跑一邊叫：「孫陵，你快回來。我知道你就在這個隧道中。黑影，我已經按照你的要求做了，你把孫陵還回來，把他還回來。」

鄭美的聲音淒厲可怕，她尖叫著：「為什麼。孫陵，為什麼你還不出現。我就在這裡，我再也不會拒絕你的求婚了。我們結婚吧，你娶我，我嫁給你。現在就嫁給你。只要你回來，只要你出現在我面前。」

「沒想到我們居然都被這個女人擺了一道。」甲乙丙丁警戒著周圍，嘆氣道：「她，瘋了。」

「她才沒瘋。她清醒得很。」夏彤冷哼了一聲，從背包裡抽出一根金屬棒球棍。這是她防身的武器。

隧道裡發出了窸窸窣窣的聲響。單車，無數輛共享單車從隧道的出口入口湧入，將我們的生門全部堵住，只剩下死門。

密密麻麻的共享單車，被燈光一照，每輛車上都隱隱浮現出一絲黑色的影。

我倒吸了一口涼氣：「那些東西，就是我和梅雨六年級時見過的怪物。」

「看樣子，就是這些怪物，摧毀了咱們梅家。是該做個了斷的時候了。」甲乙丙丁掏出他稱呼為「殺蟲劑」的古物。

看著那古物，恍惚間，我像是想到了些什麼。

「不對，這些單車還有這些黑影。都不對。」我抱緊黎諾依，緊緊抓住了腦子裡閃過的一絲靈光：「人是血肉之軀，怎麼會變成金屬？除非有某種催化物。單車是金屬人造物，為什麼會被你用來殺蟲子的古物殺死？除非，操縱這些單車的，是某種蟲子。而那些黑影的真身，也是某種蟲子。」

「黑影是平面的，是二維的。我、梅雨和夏彤不久前進入的詭異舊校舍。或許正是平面的二維空間，所以才會那麼離奇。」我越想，腦子越清晰：「養蟲的人。養蟲的勢力。我知道的，只有一個。」

我衝著隧道大喊一聲：「雅心，妳給我滾出來。」

隧道中，沒有任何人回應我。沒人說話，也沒人出現。這不太符合雅心的性格。那個我恨死了的女人，只要是勝券在握，都會跑出來秀一下自己的智商。

「難道自己猜錯了？」我皺了皺眉頭：「甲乙丙丁，殺蟲劑，給我噴。」

無數共享單車，載著無數的黑影，向我們衝過來。夏彤揮舞著金屬球棒將先前的幾輛車拍倒，甲乙丙丁用力地噴出古物腹部的液體。

大量的單車一碰到無色無味的液體就倒了下去。但更多的單車，前仆後繼地湧上來。這些單車物理攻擊無效，只有甲乙丙丁的殺蟲劑有用。

但是沒過多久，古物中的液體就噴完了。單車發出「唧唧」的怪叫，車上的黑影拉長了影子，拚命地朝我們擠過來。似乎想要寄生進我們的身體內。

在這些黑影中，自己眼尖的看到隱約閃過一襲螢火蟲的淡淡綠光。每一個黑影中都有一絲綠光。綠光藏著黑影的真身，那些，絕對是某種未知的蟲子。可以隱藏在二維世界的蟲。

「蟲子不會自己想要攻擊人，驅蟲的傢伙，肯定就在附近。把他找出來。」我喊道。

甲乙丙丁臉色慘白：「沒用的，找到他之前，我們肯定完蛋了。」

「死定了。沒想到自己會死在這。」夏彤苦笑：「好奇心殺死貓啊。」

我內心在嘆息，甚至有些絕望。這次，恐怕是真的完蛋了。完蛋了！那些蟲，甚至有一些已經快要接觸到我的皮膚。

無數共享單車，將我們的活動空間逼到了避無可避。

就在所有人都絕望的時候，一隻雪白無瑕疵的手，從我的身後伸了出來。從小就一直默默守護著我的李夢月，絕美的眼瞳，半睜開。她雙手的速度飛快無比，將靠近的綠光捏住，一個個像是捏死蝨子般輕鬆。

在我們所有人的震驚中，她從我背上站起。她摸了摸我的臉頰，理了理我弄亂的頭髮。時間，在這一刻，彷彿完全停止了。

所有閃爍著綠光的蟲子，都驚惶失措地跑回黑影中。牠們在害怕，不知為何，牠們似乎認識李夢月。自從守護女醒來後，就驚恐不已，甚至本能的想要逃跑。

李夢月轉過身，清冷地哼了一聲。

「你想要，傷害的這個，男人。是我最愛的人。」她素手一揮，白色的衣裳在隧道中飛舞。像是在跳一曲絕美的舞蹈。

「我曾發誓，要和他，永遠在一起。」她的手每一次移動，都有大片的黑影消失。

「我曾經說過要，保護他。」

「我對他這麼說的時候。讓我幸福無比。」

「我不會讓任何人傷害他。」李夢月往前走了一步，所有的黑影，所有的共享單車，都退了好幾步。

「因為他，是我，最摯愛的人。」

「我是他的守護女。永遠只守護他。」

「只要在他身旁，我就會幸福無比。」

守護女的手不斷地擊碎黑影，無數的黑影充斥在隧道裡。小小的她的身影，渺小無比，卻讓龐大的邪惡，心悸膽寒。

「只要在他身旁，我就會無比滿足。」

她揮動的手，威力無比。可只有我清楚，只有我發現，這一刻的她，其實無比虛弱。她，在不停地勉強著自己虛弱無力的身體。她在為救我，拚命的保持清醒。

「我從他那裡，分到了，那麼多的幸福。」

「我不允許任何人，將那份幸福奪走。」

「所以，讓我，再殺你一次吧！」

李夢月一步一步地向前，她經過的黑影和單車，全都崩塌。她走到了鄭美身旁，清冷的眼神看了鄭美一眼。鄭美渾身都嚇得有如爛泥。

守護女只是看了她一眼，就再也不屑於看她。她走過了她身旁，走了許多步。直到在一處黑暗中，拽起了一個人。

一個身材小巧的女人，我從來沒有見過與她類似的恐怖臉孔。那女人的臉，就彷彿一隻蟲。綠色的，尖嘴猴腮的蟲。如果不是身體有女性特徵，我甚至不覺得她是人類。

能夠驅蟲的人，總是會被驅使的東西反噬。這個不知年齡的怪女人被守護女以怪力拽起，她不斷扭動，似乎早已經嚇壞了。

守護女並沒有傷害她。守護女甚至沒有轉身，她只是動了動腦袋，深深地看了我一眼。

「不要。」當我意識到什麼的時候，她，卻笑了。

「主人。我要去拿回，原本屬於我的東西。」李夢月笑得很美：「那東西，就是她藏起來的。拿回那東西，我會回到夜家。我會讓夜家，撐過那一劫。」

「不要！」我大喊道：「夜家的劫，應該由我來扛。那不是妳的事情。」

「主人，我捨不得，讓你扛。」守護女看向不知何時已經醒來的黎諾依：「主人，就暫時交給妳，照顧了。」

「主人，不要來，找我。」她提著那隻蟲女，消失在隧道的黑暗裡。遠遠的，傳來了她最後的聲音。

「如果我，故意躲起來。主人，你，找不到我的。」

「主人，保護你，就是我的幸福。」

「請你，不要奪走，我的小幸福……」

聲音猶然迴盪，只是倩影早已不在。

我有個預感。恐怕不知何時何日，我和她，才能夠再次，相會於天涯！

尾聲

事件結束了。梅雨身體裡的蟲被祛除了，也回復了正常。

黎諾依的詛咒也沒了。至於鄭美，她離開隧道後，出於愧疚，什麼也沒說，一聲不哼的離開後，再也沒有了消息。

黎諾依並沒有責怪鄭美的背叛。畢竟，她是為了找回自己的男朋友。黎諾依覺得，換成自己，恐怕會比她做得更加過分。

而我和梅雨，也逐漸想起來了關於當年黑影的事情。

十多年前，我因為黑影受到了致命的傷害，陷入昏迷。當年只是小蘿莉的守護女李夢月極度憤怒。她一聲不哼，獨自來到我就讀的小學，將驅使二維蟲的黑影女人打成重傷。

那女人一直逃到了春城的偏僻隧道中，李夢月就追到了隧道裡。在那兒她們有過一場驚世大戰。大量的二維蟲被殺死，身體裡的液體腐蝕了大地。

蟲女裝死才躲過了一劫。直到不久前，在隧道深處，蟄伏了接近十年的蟲女才徹底恢復了元氣。她再次窺探起梅雨家族鎮守的，陳老爺子的某一根骨頭。但是這一次，進行得更加小心，害怕重蹈覆轍。

所以美骨鎮和春城，才會出現一連串的怪事。

可是，她終究再一次因為守護女的原因，功虧一簣。守護女之所以能在隧道醒來，也是因為十年前的那場大戰，她不小心將某個重要的東西遺落在隧道中。被蟲女撿走了。

當守護女再次感應到那個物品，她的意識和力量才稍微恢復了一些，至少能勉強支撐著清醒狀態。

鬼知道那個魯莽又變態的李夢月，現在究竟在幹嘛。她，到底想要怎麼卻一肩扛起本來屬於我，屬於夜家的劫難。

但是，我十分清楚，她說到做到。她故意躲起來，我就找不到她。

但我，怎麼可能不去找她。

我終究還是要去找她的。她用羸弱的肩膀保護了我許多年，該是我，顯示一下男人氣概了！

和黎諾依離開春城的那一天，我特意看了看天空。湛藍的天空萬里無雲，明亮得一塵不染。籠罩在天空下的陰雲，早已消失不見。只是這一次離去，不知道哪年，才會歸來。

我嘆了口氣，轉身進入機場。朝著無人的空氣擺擺手。

或許守護女仍舊守護著我，她躲在我看不到的地方，也在朝我揮舞著那隻總是拯救我的手吧。
我，如此想著。

夜不語作品 22

夜不語詭秘檔案 804：共享單車

國家圖書館出版品預行編目資料

夜不語詭秘檔案804：共享單車 ／夜不語 著.
—初版. — 臺北市：春天出版國際， 2018.01
面；　公分. —（夜不語作品；22）
ISBN 978-957-9609-16-6（平裝）
857.7　106024458

ISBN 978-957-9609-16-6
Printed in Taiwan

作者	夜不語
封面繪圖	Kanariya
總編輯	莊宜勳
主編	鍾靈
美術設計	三石設計
出版者	春天出版國際文化有限公司
地址	台北市信義區信義路四段458號3樓
電話	02-7718-0898
傳真	02-7718-2388
E-mail	story@bookspring.com.tw
網址	http://www.bookspring.com.tw
部落格	http://blog.pixnet.net/bookspring
郵政帳號	19705538
戶名	春天出版國際文化有限公司
法律顧問	蕭顯忠律師事務所
出版日期	二〇一八年一月初版
定價	170元
總經銷	楨德圖書事業有限公司
地址	新北市新店區寶興路45巷6弄6號5樓
電話	02-8919-3186
傳真	02-8914-5524

夜不語
詭秘檔案

夜不語
詭秘檔案

夜不語

詭秘檔案

夜不語
詭秘檔案